U0835316

C.E. 摩根作品系列

All The Living

生活之歌

C. E. Morgan

〔美〕C.E. 摩根 著
赵燕 译

人民文学出版社
PEOPLE'S LITERATURE PUBLISHING HOUSE

著作权合同登记号　图字 01-2019-0594

ALL THE LIVING
Copyright © 2009 by C.E.Morgan
Published by agreement with Trident Media Group, LLC, through The Grayhawk Agency.
Simplified Chinese translation rights © 2020 by Shanghai 99 Readers' Culture Co., Ltd.
ALL RIGHTS RESERVED

图书在版编目(CIP)数据

生活之歌/(美)C.E.摩根著;赵燕译. —北京:
人民文学出版社,2020
(C.E.摩根作品系列)
ISBN 978-7-02-015309-1

Ⅰ.①生…　Ⅱ.①C…②赵…　Ⅲ.①长篇小说-美国
-现代　Ⅳ.①I712.45

中国版本图书馆 CIP 数据核字(2019)第 115581 号

责任编辑　**甘　慧　汤　淼**
封面设计　**钱　珺**

出版发行　**人民文学出版社**
社　　址　**北京市朝内大街 166 号**
邮政编码　**100705**
网　　址　**http://www.rw-cn.com**

印　　刷　**山东临沂新华印刷物流集团有限责任公司**
经　　销　**全国新华书店等**

字　　数　**147 千字**
开　　本　**890 毫米×1240 毫米　1/32**
印　　张　**6**
版　　次　**2020 年 6 月北京第 1 版**
印　　次　**2020 年 6 月第 1 次印刷**

书　　号　**978-7-02-015309-1**
定　　价　**39.00 元**

如有印装质量问题,请与本社图书销售中心调换。电话:010-65233595

她从未在一栋独立的房子里住过，现在看到它，她不再肯定自己是否像过去一样想住在一栋房子里。这是一栋完美无缺的房子，这一点她早就知道了。这栋房子和他之前的描述一模一样。在开车驶过长长的斜坡时，她挡住刺眼的阳光让眼睛免受伤害，卡车颠簸了起来。那片低洼地懒洋洋地进入了眼帘，她看见一片片田野，初生的烟草在干燥的地里摇动着，田野的那一边是山脉。周围的土壤沉浸在阳光下的白垩灰尘中。她寻找着沃伦曾经告诉过她的那栋较新的小房子，但是没有看到。矗立在她眼前的只有这栋老结构的建筑，还有一片片的田野和房子前面一斜坡的高秆草。她把卡车停了下来，眺望远方，她的舌头困惑地在牙齿内侧晃动。暴露在正午的骄阳下，房屋前一点阴影都没有。

那个破烂不堪的门廊很勉强地倚在房子的墙壁上，地板压条从门下角延伸出来，合成地板的碎片一目了然。当她用一只脚测试一块板子时，木板翘起并发出了吱呀声，还好，地板没有移动。她绕着一台泥浆挖掘机和一排做鸡栏的细铁丝走到门口，在那里她发现一个纸质的爱心贴在木头上。这个东西的形状让她暂停下了脚步。她看了看纸上的内容，没有动它。上面写着：

阿罗玛：

如果你到的时候我不在，那是因为拖拉机出故障了，我去汉森维尔配零件了。请进屋，我很快就会回来。

沃伦

走进房子里，她还在琢磨着房子是新的吗？她直起身子，犹豫了一下。在她的头上，门廊上挂着的一台风扇纹丝不动，像老年人的头发拖着没有蜘蛛的蜘蛛网。她转身凝视后方的碎石车道。扬起的灰尘仍然弥漫在她卡车的挡泥板后面，这些灰尘不愿意再无聊地躺着。这里很安静，无论是在弯曲的柏油路上，还是门廊上。自打她开着卡车出发开始，一路上就没有见过一辆车经过。而门廊在没有微风吹拂的时候也寂静无比。只有几只晌午的昆虫在那里窃窃私语，就这些声音了。她转身走进了房子。

这不是一栋被遗弃的房子，它不是空的。旧得发白的窗帘悬挂在灰色的墙上，破烂的地毯垫散落在地板上。在向上延伸着的楼梯和楼梯的过渡平台下面靠着墙的位置，矗立着一架老式的钢琴，上面摆着一枝像一条抑郁的眉毛般的玫瑰。沃伦曾经告诉过她，在这栋房子里有一架钢琴，一架她可以用来练习的钢琴，但不应该是这样的一架钢琴。阿罗玛从这架钢琴凹下去的框架边上走了过去，没有动它。她往回走，穿过一个阳光从南方直射进来的餐厅，走过一张盖满了账单和信件等纸质物品的桌子，来到了厨房。厨房的天花板又高又白，看上去很干净，主要是因为它非常宽敞、空旷。空得就像一间教堂。她在房子里转了一圈，用力地拉开抽屉和橱柜，眼睛盯着里面的东西却又似乎什么都没看见，她的思绪回到了从前。她向后转身，慢慢地走进了第一个房间。她用手向后摆弄着窗框下的木窗板，手指碰到了象牙。钥匙缓缓地滑落到床上，从她的手指下面零碎地分开，这和她预想得一模一样，声音沉闷得像肉落在了地上。她漫不经心地将木窗板拍掉了，木头跌落在木头上的声音像撞碎的波浪一样回荡在房子里，接着就消失了。她带着一副倦怠的神情扭过脸去，就像某人不情愿却又不得不隐忍一样。但当她转过身时，她停了下来。一面照片墙矗立在她面前：被熏黑的壁炉架周围聚集着用相框裱起来的各式照片，一双双眼睛从地板一直延伸到天花板。她从远处仔细地研究着这些照片。照片上的人也凝视着她。

她像进来时一样迅速地离开了这个房间，追寻着之前的步伐回到了厨房，在那里，她发现了一扇通向外面的门。她把门开得大大的，迎接这六月的天气。从站着的地方，她对后面的地产可以一览无余。在距离房子一百码的上坡上种植着满地的烟草，靠近烟草地旁边是一块荒地，地床凸起，像新坟墓一样。荒地上有一个黑色养护谷仓，仓梁上挂着些许烟草，像棕褐色鸟儿的翅膀被捆住了而垂了下来。有点太早了，也有点不合时宜，她说不出为何她会有这种感觉。在她的左边是另一个谷仓，这个谷仓是红色的，谷仓的一边有一个大的带门的动物饲养圈，还有一个地下通道。牧场空空如也。奶牛们从山坡漫步到了一排青铜色的树林边，黑压压的一群，站立在树木边缘的阴影里。它们的眼睛凝视着远方，身体像披上了一件黑夜的斗篷，但它们的头却光芒四溢，宛如阳光照耀下的黑色硬币一般。在远低于它们一动不动的面孔下方就是那栋朝南的新一点的房子。这栋房子并不比联拼房子大多少、高多少、漂亮多少。房子为奶牛牧场有刺的边缘筑起了一道堤坝，但这些没有更吸引阿罗玛的目光。相反，阿罗玛将目光投向了远处，因为远处矗立着山脉细尖如刺的山脊，她不能将它们强行地赶走抑或是将它们从地球上抹去。她大笑了起来，笑声中没有丝毫的诙谐。这就是她所有的希望，它们就在那里。如果它们离得再近一点的话，她能听到它们回应的笑声，她一定会感到痛苦的。

当他来时，她看到阳光在通向北方的路最远处的树林之间闪烁，她朝前面走去，边走边等，焦急地望着那排树的尽头。接着，当那辆卡车穿出了最后几棵树时，她知道这辆车就是他的。她又向前走了一步，她的手自觉地合在一起，但她没有离开门廊。他的卡车像她早已熟悉的一张面孔一样，转向了车道，玻璃开始发光。她的眼睛尾随着他卡车行进的轨迹一直到了山上，车后尘土滚滚，卷起一个个金色的漩涡再慢慢地扫向地面，接着慢慢地变形，化为乌有。起初，她只能看到他那只是黑影的形象，以及当他转动方向盘时太阳炙热地照射在他右手臂的手表上。当他终于开到了她面前，刹车，身体略微倾斜在遮阳板的阴凉处，并从点火开关中拉出钥匙时，她看到了他轮廓分明的面颊和皮肤的颜色。他的肤色比上次她见到时要黝黑得多。上次见到他是三周前他刚参加完葬礼的第二天，他来到学校在她身边坐下，抛给她一个问题。他问："你会跟来吗？"她回答说："会，会。"就这样语无伦次也没有关系吗？她摇摇头，用手捧着他苍白的脸，亲吻了他。这在她后来看来是一种奇怪的逆转。通常都是他先伸出手来将她拉过去。但她也是后来回想时才想到这一点，她回想起当时他的嘴唇对着她的嘴唇，却没有任何动静。这使她的心中燃起了一种恐惧感，但这种感觉如此轻微，又消失得如此之快，以至于她都搞不清楚那到底是一种什么样的感觉了。现在，她的目光一刻也不能离开他，他也正坐在卡车里一动不动地凝视着她。她从门廊里走了下来，最初还有些迟疑，但是很快，她便半跑了起来，直到她站在了他的车门边上，她把手放在滚烫的车门把手上。他睫毛的尖部现在像稻草一样柔弱无力，经过太阳的漂白之后，他现在看起来似乎根本就没有睫毛，这让他的凝视毫无遮掩。她使劲地拉开了卡车的门，或者是他把门推开的；她现在正半坐在他的腿上，他们正在热吻。她叫着他的名字，他对着她的嘴，什么也没说。当阿罗玛抽出身来时，她发现沃伦眼睛周围的阴影比以前更深了。他被抽空了，整个人看上去比参加完葬礼时还要虚脱。阿罗玛没有去参加葬礼，因为她不得不陪同学校的合唱团去格雷森，校长没有准她的假。她有自己的事情必须去处理。毕竟，他们不是她的亲人。

沃伦把手平放在他自己的胸前，阿罗玛看到了他手指甲下面的黑土线，就像泥土写的括号一样。他的目光直视着她。"你来了很久了？"他问道。

"没有，"她说道，"我大概半个小时以前才到这里。"

接着，他递给她一个小铁锹，这样他就可以从容地从卡车里出来了。他这个动作让她发现他的身体发生了一些变化。突然的变老已经在他的身体上留下了印记。带着一丝近乎尴尬的神情，她微微转身将目光移向别处，但是她发现自己的眼睛一点也不听话，对这个新变化充满了警惕。当他用力关上车门站在她面前时，他们两人似乎都有那么一阵子感到不太自在，似乎都在掂量着彼此的差距。接着，沃伦迈近脚步缩短了他们之间的距离，并再次亲吻了她，而她则在追寻着他那令人熟悉的散发着烟草味道的气息。他抓住她的手说："过来，你已经看过房子了？"

"哪一栋房子？"她说道，手有点不太情愿地压在他的手上。

"那栋真的房子。"他一边说一边朝那栋大房子点了点头。

"看……过了……"她慢慢地说道，本来还想多说一点的，但是却停住了。她任由他领着自己在山坡上逛了逛，趁着他抬头仰望山的顶峰时，她偷偷地看了看他。他眯着眼睛，那薄薄的双唇变得更平了。他提了提牛仔裤的腰带，双臂交叉在胸前，阿罗玛清楚地意识到自己犯了个错误。他不是在这三周内变老的，眼前的他就像有人用刨子刨走了之前长在他身上的那层肉垫一样。他的整个身体就像是被绳子捆着，每一刻都在缩小。他刚参加完葬礼后的第二天，她也注意到这一点。当时的他刚从卡车迈出来，看上去就像一尊雕塑一样，消瘦僵硬，尽管当她抱着他的时候，他会感觉她的手也一样消瘦僵硬。但是他的体态中有某种不一样的东西——好像是最近才被装进了这个骨架里——这种东西在她目前看来是一种持久的变化，而不仅仅是某种悲伤的瞬间诡计。这个新的带着界限的自我已经让旧的自我荡然无存。

在房子的后面，沃伦带着她沿着一条有车辙的路向下走，这条路一直通向那栋较新的小房子。她灵活地跟随着他的步伐，非常渴望到这栋小房子的里面去看看，也许她可以告诉沃伦，比起他们身后那栋毫不规则的房子，她有多喜欢这栋小房子。但是在这条路的分叉口，他突然停了下来。她跌到了他的身上，为了稳住身体，她把手放到了他的臀部上。沃伦抬起一只手臂，指向了那些山丘。

他说我们要一直走，走到山的正下面。在那里，他们站在了烟草地的最上面，整个后面的田地在他们眼前展开。这些烟草的底部过早地长成了灰黄色，它们向前长，一直快长到山上了。在那里，烟草地与玉米苗连在了一起。稚嫩的玉米苗、新长出的玉米须点缀着整个山的上坡，一排排玉米空隙之间的泥土灰白得像可可粉。几头奶牛从山坡上游荡下来，散布在黄昏时分的牧场上，悠然而舒适。它们一头头地站着。有一两头牛在栅栏上蹭着它们的皮，它们注视着又或许它们只是在慢悠悠地凝望着狭窄的田野之外的地方。还有一头奶牛一半站在谷仓里，一半立在谷仓外面，举棋不定却又丝毫没有要动的意思。

沃伦抚摸着阿罗玛，最后将他的前臂放到了阿罗玛颈部的背面。他的前臂很重很温暖，她强烈地感觉到了他那潮湿的汗水。

“现在这个就是我们的了。”他说道。她欲言又止，接着点了点头。但是后来，她说："这让我有点害怕。"

"不，不要害怕。"他说。当她转过身去面对着沃伦时，他突然看起来比她大了很多，虽然他只比她高三个年级，她觉得年轻对她来说是一种桎梏。

这家商店距离房子只有三英里，在通往汉斯维尔的路上，汉斯维尔是横跨于县边界线上的一个小镇，在二十英里开外的位置。当她问沃伦晚餐吃什么时，沃伦回答说鸡蛋或者花生酱，他脸上一点也没有露出开玩笑的笑容。阿罗玛自告奋勇地提出，要趁着淡淡的暮色开车到那条路上去找点东西来吃。商店是一个隔板隔出来的单间，周围没有什么别的东西，除了树和田野，就是几条在路的远处闲逛着的狗。路凸起来又沉下去，就像皮肤上的腿骨和胸肌。两个已经老化了的水泵矗立在建筑物的侧面。当阿罗玛停车时，旁边没有其他的车。当时唯一在动的东西就是窗户里由狗牌链悬挂着的一个标记牌，上面写着"廉价烟草"。牌子在风扇假造的微风中旋转着。商店的里面被分成了两个部分。一半是一个小的杂货店，另一半是一个工艺品店，店里摆满了一排排手工喷漆的葫芦，葫芦上用模板印刷着各式印第安人的设计图案，它们以秋天的气息装扮着这个夏日的小店。

"哈喽！"柜台后面的女士说道。阿罗玛挥了挥手，她低着头，一言不发地推着一辆小推车来到了过道里。她在冰箱里找到了一块火腿，略显绿色，上面鲜红色的血脉清晰可见。她又发现了更多她叫不出名字、也不知道该如何烹饪的蔬菜。她拿起一打鸡蛋，打开纸，看看是否有蛋壳破裂了，有一次，她在学校里看到一位厨师这样做过。一大块厚厚的白色背部肥肉，一加仑的牛奶一半是买给她自己的。因为她现在已经不用再受那个地方的约束了，她可以想要吃什么就吃什么，接着她又要了一盒巧克力谷物。在收银机的背后，那个女士和她的头发都反射在钉在由薯片堆成的墙上的凸镜上。当阿罗玛的小推车装到一半时，她把小推车推到了柜台旁边，推车里有一半她不知道该如何准备的食材。

“记得将账单中的一半记到芬顿的账单上。”阿罗玛按照沃伦的指示说道。

“哦，好的。”那位女士边说边再看了她一眼，这次她看得更仔细了些，“你是从上面来的吗？祝福你！”

阿罗玛点点头，注视着这个女人。

“祝福你！”那位女士又说了一次，“关于她们真的很令人伤心。”她说这些话的时候一只手放在她高耸着的白头发上，另一只手则不停地在扶着一支铅笔。

“她人真的很好，”商店里的这位女士说道，“每次进店的时候，她总会坐下来聊一会儿，她的红头发是那么漂亮。当然，她的意见也很多。”这位女士说这些的时候双眼注视着阿罗玛，她的眼睑向上收起，所以阿罗玛可以看到她太多的眼球，那是一对闪闪发光的大眼睛。阿罗玛只是再次点了点头，并慢慢地抓紧了握在她手里的沃伦的皮夹子。

“人遭遇意外实在太可怕了。”

“对的。”阿罗玛小心翼翼地回答道。她不喜欢唯唯诺诺，这在她看起来就像舌头上沾了脏东西一样。

那个女士将身子稍微斜过来了一点，当她凑近些的时候，她的嘴唇皱得就像一朵紧紧的还没有绽放的花儿一样。阿罗玛没有斜过去，她抓紧了小推车。

“现在我并不想亵渎基督，但是谁能永远不死呢？”

阿罗玛眨了几下眼睛，说道：“沃伦。”

“现在他就是小的那个？”

阿罗玛疑惑地看着她。“他现在差不多有这么高了。”阿罗玛一边说，一边将她的手举过头顶四五英寸。

那位女士将头收了回来，笑出声来：“不是，我是说他是那个大的，还是那个小的孩子？”

“哦，小的那个。”阿罗玛答道。

“你不是这里人。”

“不是，我的家人都在卡迪车站那边。”

那位女士慢慢地抬起眉头，一直触到她的头发。“我从你的言语中完全听不出你来自那里。”

“嗯，我上过学了。”

“亲爱的，我们都上过学。”那位女士冷冰冰地说道。

“我上的是一所教会学校，”阿罗玛说道，收缩了一下她的眼睛，“这些学校帮我们去除了一些东西。”

“嗯嗯，在这个学校里他们还教会了你什么？”

“我学会了钢琴。”

“哦。”这位女士又笑了，紧皱的双唇开始放松了下来，“现在，这可是一个女孩子应该掌握的十分有用的技能。”

“对的。”阿罗玛边说边将她的小推车向前移了一点，“对女孩子有用是件好事。”她没有微笑。那位女士理了理衣服站了起来，她慢慢地琢磨着这句话的意思，接着不紧不慢地用她的铅笔敲了一下收银台，告知阿罗玛可以结账了。但此时，她的目光还停留在阿罗玛的身上。阿罗玛正在等着她提出的这个问题。

“那个小男孩是你丈夫？”这既像个问题又像是个声明。

这一次，阿罗玛没有眨眼睛。“你说得非常对，他就是我丈夫。”阿罗玛平静地答道，她的脸色毫无变化，但是她的面颊在她还没有说完这句话之前就已经红了。那位女士慢慢地微笑起来，直到她那在脸底部的嘴唇变成了一条红色的斜线。她伸开弯曲着的手指，掌心朝上。“十六美金九十五美分。”她说道。没有记账，阿罗玛从沃伦的皮夹子里拿钱支付了现金。接着她提起袋子，转身背向这位女士，再也没多说一句话就走了。

她是在离谁都不讨好的十二岁还差一个月的时候被送到教会学校的，不是因为她的叔叔和婶婶已经没办法再抚养她，而是叔叔婶婶家已经有九个人了：两个大人，他们的五个孩子，他们领养的一个孩子，再加上阿罗玛。她的叔叔和婶婶一向对她不错，他们拥有的那种虚无的体面与庄重不容亵渎。当他们跟她提学校的事情的时候，他们的语气就像医院的医生一样温柔，他们说：“这对你一点坏处也没有。”而事实上，也真的没有，至少阿罗玛回想不起来任何伤害。只是到教会学校的第一个晚上，她的眼睛被虫子叮了，为了止住疼痛，她不得不将脸朝下睡在枕头上，一直流着眼泪，张着的嘴对着塞满破布的棉布褥套上。但到了早上，她的眼睛好多了，她没有再哭过了，至少没有因为这个再哭过。

不是她的叔叔和婶婶没有关心过她，他们从来没有让她因为在他们没有钱的时候还收留了她而感到愧疚。他们总是以一种不好不坏的、大众化的方式关心着她，而本能地把他们最好的一面留给自己的孩子。她在教会学校读书的头一年里，他们也付出了一点作为家庭的努力。他们每个月在周日的下午给她打一次电话，寄给她一些他们从教会拿来的小小的卡通杂志，上面讲述着如何与大队其他的难民一起跨越一条宽河，或者有关路得和她所失去的。直到阿罗玛开始弹钢琴之前，她一遍又一遍仔细地阅读着这些书，她把它们整齐地放好，堆放在她的铁床下面。她很好奇脱掉一个男人的鞋子、睡在男人的床上、到一个遥远的国度去旅行和看到敌人淹死，到底意味着什么。她也很想知道一个人该拥有怎样的运气才能变成另一个人，而不是你生来的样子。

学校在更深的山沟里，这比之前她从叔叔的拖车里看到的山还要深。沟顶上是枞树，它所形成的缺口就像是从石灰石的墙壁中突出来的一根铝手指，如同从骨头里生出来的骨头。在那里，黑夜会一直持续到早上十点。接着，随着第一缕太阳光的到来，这根手指的指尖终于像被烧着了一样。阿罗玛来到学校时，她和另外两个女孩子一起住在一间很小的混凝土房间里。在这里，山墙也是交错地排列着，向上威胁着他们所有人。太阳要到十一点过后很久才会出现在一片劳动号子声的痛苦中。它在那里逗留一会儿直到抵达斯帕尔山，就像是地球的一块窗帘，在光线飞溅出来之间将它拦腰斩断。这是一个没了清晨与傍晚这双重仪式的峡谷世界。

阿罗玛就在这个黑暗的地方住着，一个属于黑暗的州下面黑暗的乡村里。这种感觉在她是个小女孩的时候不停地压迫着她，直到她最终在一个预知性的瞬间意识到有一天她会步入成年，成年岁月的到来将会伴随着一种令人惊颤的强大的释放力量而给她带来自由。接着她会离开这里并找到一个不会更高的地方。在那里，没有任何东西可以阻挡太阳的前进，自它从东方升起的那一刻到它远远地消逝，一直消失在西方。这就是她想要的生活。这种生活不只是家庭、不只是友谊、不只是爱情，而是可以使她想不起她未成年之前在这片土地上度过的黑暗。

她唯一真正记得在她叔叔家的拖车里的东西就是一架钢琴，那是架顶部是虎睛石的旧钢琴，它的重量让油毡地板都开始下陷了。她的婶婶每周日在做完礼拜后会去弹它，让扭打在一起的一群不安分的孩子们坐下，跟着她的钢琴曲子唱歌。但是教堂的歌声很快就让阿罗玛感到厌倦了，圣歌也不够过瘾，就像是把许多可以预知的和弦音装在了一个太小的盒子里。她希望看到她婶婶的手指像蜘蛛一样在钢琴键盘上挥动，从木头般的低音一直跳跃到婴儿般的上阶音符。她总是希望能听到更多的东西，并偷偷地希望婶婶的手可以滑一下，将两个相邻的琴键一起按下去。她最喜欢的总是那些不太和谐的调子。

当她得知她所居住的学校开设了钢琴课时，阿罗玛想起了那些她从未听人演奏过的琴键——那些极小的寂静的声音——她对钢琴课的渴望令她窒息。学校里有六架钢琴，所以钢琴启蒙课将会有六名学生。他们让她进了钢琴班，因为她在申请表的底部，用粗体字写了一个大大的“请”字。她在写这个字的时候是如此用力以至于她的钢笔划破了纸，写到了她课桌的塑封纸上。

在这两年里，她彻底地打动了所有的人，最主要的是她自己。她从未擅长过任何事情——她没有特别烂，但是也不算有天分——以至于她在过去被永久地忽略了，而她的新技能则滋润了她的性格中那些忧郁的部分，她的叔叔婶婶曾经提醒过老师们要注意她这一点。她累坏了学校可以提供的所有钢琴，还每周被送到佩里维尔两次，在那里有一个来自上东区、拿到过钢琴专业学位的老师，可以教她钢琴。这位老师嫁给了一个采矿工头，她现在在一个浸会教堂演奏并招收学生。这位博伊尔夫人给了她莫扎特和李斯特的钢琴曲谱，她已经仔细地把它们包好，放在了她带到农场来的为数不多的几个盒子里。博伊尔向阿罗玛展现如何拱起手指让手指从平着的手掌落下，如何沉下肩膀放松。是的，阿罗玛弹得不错，但那仅仅是因为阿罗玛是在后台演奏，如果她想走到博伊尔夫人所说的现实世界中去演奏的话，她还有很多东西要学。是的，阿罗玛心里想到，那就是我想去演奏的地方——现实世界。她强烈地感到自己非常想去现实世界演奏。在那些漫长的不自然的黑夜里，当被点亮的苍穹还远在山墙之上，劳动号子声仍然出现在一片漆黑中时，她想到了这个，想到了其他的地方。她努力地想象着离开这里真正的感觉会是什么。但是这种感觉是如此美好，它可以带来这么多不可能的快乐，而到目前为止她所有的快乐都是黯然失色的一些小事情，以至于她发现她根本想象不了会是什么样子。她在脑海里能勾勒出的最贴近她的事，就是长大后她一定会拥有很多东西，但这个希望甚至似乎也不是她认为的快乐应该有的样子，所以她扳着手指数着不知道还要过多久才能长大的日子，她等待着。

接着，在她做完所有的梦之后，当阿罗玛在教会学校的最后一年到来时，她眼睛都不眨一下，一直盯着自己的未来。她没有钱，也没有某个值得一提的人。她想要的只不过是到某个遥远的地方去学钢琴。但是当学校提出让她毕业之后继续留校，做他们音乐项目的正式职业钢琴师时，她同意了。因为她没有别的地方可去，也没有办法去别的地方。她在这里一待就是四年。

在她认识沃伦之前，她已经在等他了。她和其他一些年纪大一点的老师一起排着队，不耐烦地等待着大学农场里男孩子们的到来，学校的全体成员都在等。这些男孩子都来迟了，从农场到学校的直线距离是二十五英里，但他们没有将溺人溪那令人发狂的崎岖山路的曲线考虑进去。溪谷从河源一直延伸到更大一些的邦迪河，之字形的河流让路基松弛，并拍打着山路，路缘上还危险地坐落着一些煤矿小镇。每年春天，水涨起来时就会淹没那些最容易受侵袭的棚户区，将那些活动住房冲到溪水下面，然后人们再把它们收集起来堆成引火的柴堆，就像是被漂白过的、被弄断的蜡笔一样。溪流很急，它向前流的时候会撞碎在岩石上。溪流中夹杂着很多被人们遗忘的东西：家用器械、钢圈、布娃娃、动物和人类留下的一些碎片。这些人拥有的东西没什么值得记住的，所以也很少有人注意到这些损失。沿着溪水的溢水口处，拉煤的火车溢出了沥青般的污染物。这些拉煤车的轨迹一次次地纵横交错在马路上，占据了三个县蜿蜒起伏的地带，拖慢了要来的男孩子们的速度。沃伦握着方向盘，为了赢得时间正在努力地向前行驶。

当男孩子们穿过了最后几条小路，终于被拉到了学校的停车场时，他们从一辆白色的厢式货车上跳了出来，在后排座位上用力地拽着一些带文化标识的标语和小的宣传册，老师们冲向前去帮忙。阿罗玛也跟了上去，装模作样地抱了些海报，实际上却一直在看那些男孩子。她看着这些男孩子穿着牧童的衣服和靴子，帽檐低而严肃地被拉在了他们的眉毛上面。只有那个开车的男孩子静静地站在车的前轮旁边，背靠在货车上，一串钥匙在一根弯曲的手指上晃动着。那根手指看上去好像断裂了，摆放的位置也不对。当阿罗玛站在货车门旁边等着被递上一堆海报时，她偷偷地瞥了他一眼，而他早就从侧面开始看她了。她认为他有点不怀好意，但是她情不自禁地喜欢他这样做。当她走回到大楼时，她的前臂上平放着一个上面写着“牛肉在哪里”的海报。她在想当她走过去的时候，他有没有从后面看着她，而如果她当时转身的话，就会看见那时候他的确在看着她。

在楼里，她背朝着礼堂的门站着，嘴咬着手指头，眼睛凝视着那个有关氮气和化肥的演讲，而她心里真正想的却是刚才那个男孩和他侧面注视着她的目光。她环顾这个小礼堂，看了看那些学生。那些学生正用稚嫩的眼光看着那些举着标语的农科大学生们。接着，她着实把自己伤了一下，因为她咬一个手指头时咬得太快了。被吓到的她立刻采取了行动，她从主门溜了出来。他还站在她之前离他而去的地方，背靠在货车上，只是在下午两三点钟阳光的照耀下，他的头稍微低下去了一点。他看上去很无聊。他有一双蓝色的眼睛和一张普通的脸，不算清秀。

她向他走了过去，努力让人看上去很随意。

“为什么你不在里面和他们一起呢？”她问道。

“为什么你不和他们在一起呢?”他问道。她赶紧朝下看，用她旧网球鞋的鞋尖碰了碰人行道。当她毫无回应时，他说道：“我不太喜欢那些东西。他们很多时候都是在耍嘴皮，在浪费时间。”他一边说着，还挥了一下手。

“嗯，对!”她说道。

“你叫什么名字?”他问道。

“阿罗玛。”

他朝她微笑了一下，她也朝他微笑了一下，因为她想不出不微笑的理由。

“我叫沃伦·科内·芬顿。”他说道。她喜欢他那不带书生气的声音和把毛巾贴在喉咙后面的样子。

“这是哪里的名字呀?”

“英国人的名字，所有芬顿家族的人都有类似这样的名字。我有个哥哥叫卡西·卡斯尔斯·李勒斯。”他回答道，一边看着她，“你多大了?”他又问道。

“下周就满二十岁了。”

他又微笑了一次。虽然他不可能比她大多少，但是他的眼部四周已经有皱纹了。她很好奇他是否能看出来她对任何事情都一无所知。她把一只手放在臀部，吸了一口气，朝上看了看，就像她正在看着他头上的某样东西，比如枯萎得只剩下躯干的树或是蓝天。然后，她叹了一口气。

“嗯，我得回去了。”她说道，“和你谈话很愉快。”

“但是我们几乎什么都还没有谈呢。”

她看了他一眼，没有别的意思，就是想再看一眼他的脸。但是他预测到某种他喜欢的东西，因为他说：“我下回再来怎么样?”

“什么意思?”她问道，她的手从臀部落下，像鸟儿一样翱翔在她边上。

他把他的帽子翻转到他的头上，接着，似乎突然想起帽子还在那里，他把帽子取了下来，把一只手放在了他那像被带子压得平平的头发上。他棕色的头发在阳光的照耀下闪着红光，这让她想起了她叔叔的邻居曾经有过的一匹棕色马的侧面，想起了当马前行时，阳光爱抚着它，它会在一个木头做的栅栏上摩擦自己的身体，先摩擦一边，接着摩擦另一边。

“我再来然后带你出去怎么样？”

“带我去哪儿？”

“我不知道，我不是这里人。带你去你想去的任何地方。”

“我也不是这里人。”她说道。

“嗯。知道这一点很有意思，但这不是我问题的答案。”

她笑出声来。

“也许可以吧。”她说道。

“你现在就答应吧。”他说道。

她直视着他的眼睛，像男孩子一样不带微笑地看着他。她看见他一只蓝色眼睛的周围有黄色的虹膜。“嗯，如果我说好你却没有回来呢？我应该聪明一点，就在这里等，看你来不来，看你会怎么做。这样的话，我就不会成为别人愚弄的对象了。”她依然没有微笑，但是把头扭到了边上，他只能看到她的侧面。

他咧开嘴笑了，把帽子放回他的头上。接着，他从T恤衫胸部的口袋里掏出了一支香烟，一直看着她，一根手指在他的口袋里摸火柴。他在口袋里什么也没找到，所以他只能将烟叼在两片嘴唇中间而没有点着。烟细细的一小节从包装的头部掉了下来。她朝学校的方向走回了几步，却没有真正地转过身去。他看着她往回跳了一步，摇了摇头。“我会回来的。”他说道。

“什么时候?”

“我把这帮乡巴佬一送回去，就回来。”

“今天晚上吗?”她说道，心中充满了怀疑。

“非常对，就今天晚上。”他说道，“我可以看出来任何人都愚弄不了你。”

他的确回来了。在那之后，每隔一天他都会来。当下午的课结束，他把大学农场的活儿干完之后，他就冲个澡，把打湿的头发梳一梳，然后飞奔过将他们分开的三个乡村。他在太阳快落下的时候带着她出去，因为他不知道去哪儿，而她也不知道，所以他们往往没有特定的去处。他们就开着车一直走，他告诉她有一天他将会拥有多大的一个农场——这个农场很大，比他长大的那个农场要大得多——告诉她如何帮羊割去睾丸，如何在奶牛的后腿上刺字。她告诉他如何在满屋子的人面前演奏钢琴，如何将大量的音乐记住。她喜欢他安静而专注地聆听着她讲述钢琴时的样子，就像她在向他讲述一个他从未去过的国度一样。他点头，双唇紧闭，她像研究乐谱一样研究着他的脸。但是当她说话的时候，她好像并没有真正听见自己的声音，而是在想象着他那紧闭的双唇都有些什么含义。当天色再变晚一些的时候，他们会沿着山路往下开，开到住宿学校黑暗的校园里，在那里，他没有把她放下，而是把卡车停了下来。就在他把手从方向盘上离开的那一瞬间，在她还不知道那只手会干什么之前，她已经迅速离开座位，几乎是跨坐到了他的膝上。她不知道是什么给她的这种勇气，她从没做过这样的事。她只在一次社区组织的舞会后亲吻过一个男孩，并允许这个男孩了把手偷偷地放到了接近她裙子长度的地方，但是那个男孩子的手一直没有够到他想够到的地方，接着，就像是一个精疲力竭的运动员在快要到达终点线时忽然倒下了一样，他的手只是握住了她的一个乳房而没有动。沃伦的双手则非常有持久性。

“这是不是意味着我可以再回来？”在他们亲吻了两个小时之后他说道。她点点头，但是他们没有停止亲吻，直到鸟儿们发出了破晓的叫声。

他回来了一次又一次，他们把车开到了山里的黑暗处。两周不到的时间，他们便从亲吻变成了赤裸相对，接着她把自己的身体全部交给了他。当他第一次在她的身体里面推动的时候，因为惊讶，她都没能动弹。这不是因为她不想这样——她已经不假思索地期待过这个时刻，她认为身体也有它的生理宿命——是因为她之前并没有想到过这样做会使沃伦变得跟她如此亲近。不论是在里面还是在外面的时候，沃伦的脸都变得更加的宽大与不可企及，这与她想象中的脸不一样。移动她的方式和快乐没什么关系，他在她的身体里努力达到高潮，对着她的头发说话，骂出像赞美词的脏话。她第一次懂得了本应充满快乐的事却掺杂着疼痛，就像是一份用纸包装的礼物。当她感觉到疼痛时——这在她第一次和后来偶尔也会感觉到——她总是很惊讶她为什么不想停止，就像她的身体知道如何冲过任何伤害而达到某个目标一样。这个目标是什么她不懂，但是她知道它就在那里。这个目标不是沃伦本身，虽然她也很想要他，这个目标她只能通过沃伦身体的努力来达到，他的身体被她占有在她的身体里面，她接受了有时候会痛，有时候则不会。

他们这样继续度过了一个又一个寒冷的夜晚，度过了春天和夏天，接着又再次进入冬季。他们一直这样开着车，每次到最后都是将车停在学校停车场那个黑暗的角落，每次都是不顾严寒地脱掉他们身上的衣服。她告诉他有一天她会走出大山去学习钢琴，而他则一遍又一遍地告诉她他将拥有一个农场。这两种想法是否像两条永远不会汇集在一起的路，阿罗玛和沃伦都没有在意，也不在乎。他们的身体缠在一起，在衣服里翻滚，他们的嘴为彼此张着就像雏鸟的嘴一样。在他们唇齿相交时，他们从未想到过时间，也没有想过他们之间的不同。

甚至在他们差点从侧面开进溺人溪的那晚，阿罗玛也没有想到过这些。当时他们正开车飞驰过一个弯道，在那里，路延伸到了北费瑟河带冰的支流上。卡车因受磨损而转向了右边，并开始朝着没有路的地方甩出去。当沃伦努力地纠正这条变形的路却几乎无能为力时，阿罗玛看到沃伦的身体在发抖。卡车抖动着停了下来，阿罗玛从她这边的窗户往下看，她能看到的所有东西就是那条黑色的涨了水的小溪里的白色泡沫，一点柏油路和尘土都看不见。

“出去，出去。”沃伦一边喊着一边迅速地推开车门。在阿罗玛明白发生了什么之前，沃伦已经扯着她牛仔裤上的腰带将她从车里拉了出来，将她拉过了方向盘边上的座位，座位上还有他身体的余温。

“天哪！”他一边说一边将她推到了他的身后。她没有惊慌，她都没有时间去感受惊慌。她满眼都是沃伦活生生的模样：他的背影，他衣领和后颈部的短头发之间的那块皮肤。她站在他身后笑了一会儿，一点也不感到害怕。沃伦绕着卡车的后面走了一圈，凝视着黑汪汪的溪水。现在她清醒了，她亲眼看到了车轮有多靠近路的边缘。沃伦摇摇头，用靴子的尖部压了压位于左边的后轮，接着他一只手指了指上面的小山丘，另一只手则敲了敲车的后挡板，好像在安抚它一样。他对阿罗玛说：“你自己先在那儿坐会儿，我来修一下这个轮胎。”阿罗玛转身走到了路的另一边，那是通往别人玉米地的路的尽头。在黑暗中，她可以看见长满了毛的玉米梗弯着腰贴在地面上，投下参差不齐的阴影。她坐在他们收割点的边上，看着一旁的路。

当沃伦将卡车驶到相对安全一点的柏油路上时，卡车一路摇晃着。接着，他打开双闪灯，用千斤顶顶起车身开始换轮胎。他点起一支烟，跪在轮窝上，他一次又一次地朝上看，希望没有人会开车闲逛到这个弯道上来。最后真的来了一辆车，他站起来，挥一挥手，示意他们继续前进。阿罗玛看见他被快速闪动着的舞台似的灯光照亮了，他的阴影像巨人一样投射在他的身后。从她坐着的那个小山丘上，她只能勉强看见远处她身后的一栋房子里发出的黯淡的光，太远了，都不值一提。在她的下方，这条路时左时右，蜿蜒崎岖，淹没在一群群树的黑色缝隙中。地平线很近，在两百码开外的地方，地球完全被从山上拖到了水的边缘。山丘阻挡着另一边令人毛骨悚然的轻盈的夜空。但是，她能看到在那排最高的树的上面，在这个寒冷却非常清新的夜晚，猎户座慢慢地落在了地球上。她低头看着沃伦，看着他那弯曲的背，看着从他的手指间冒出来的黑色的袅绕的香烟烟雾，慢慢上升。她觉得他看起来英俊极了，永远这么英俊！

“沃伦！”她叫道。

“嗯。”他回答道。

“有一天我会成为一个伟大的钢琴演奏家，到时候我们一起离开这里。”她说道。她说这些的时候，一根手指指着她下面的泥土。

他扭过头看了看她，她可以看见他的香烟上冒着的红色的火星，但是看不见他的眼睛和他的表情。他只点了点头，接着就转过头去继续修轮胎了，他用手和他年轻身体的力量将轮胎摇晃着装了进去。

阿罗玛穿着白色的长睡衣，这件睡衣是在她知道将要去农场时通过一本商品目录买的。她从浴室出来，走进门廊，却在卧室的门前犹豫了起来。沃伦躺在面对着窗户的床上，窗户那边是一片长长的漆黑的天空。当听见她已经到了门口时，他翻过身来，凝视着她。在他们相识的这一年半的所有时光里，他们从没有一起在一张像样的床上睡过。他们将身体全部伸展开时，离他们距离最近的就是分散的干草堆和杂乱的尘土上面的卡车后座。

“阿罗玛，你看上去真漂亮。”沃伦说道。

阿罗玛没有动，将一只手放在门楣升起的平面上，将一只脚放在另一只脚上，一只鞋底的灰尘散落在另一只鞋上。她看着躺在床上的沃伦，他没有穿衬衣只穿了牛仔裤。她说不清楚，为什么他本因在外工作体重明显增加了，却感觉他的身体变得消瘦。现在他黝黑的皮肤跟白衬衫形成了鲜明的对比。他正看着她的时候，她把目光移开了。

“这是你的床吗？”她问道，眼睛不停地到处打量着。

“是他们的床，爸爸妈妈的床。”

“哦。”她现在知道了，这是个愚蠢的问题。蕾丝窗帘挂在由八块方格镶成的窗户的两边，一弯细月镶嵌于一个波浪形的玻璃窗里。尽管家具旧了，颜色更深了——核桃柚木家具随着岁月的流逝而变得乌黑，一些小的透明的玻璃小玩具点缀着整个房间。这些小的装饰品只有女性才会选择，有人想让一些坚硬的东西柔软起来。月光下，一只小玻璃马在化妆台上抬起它发光的头，一条腿向前迈着，正在慢跑。当阿罗玛轻轻地移动着她的头时，光线时断时续地洒落在这匹马的鬃毛上，闪闪发光。

“过来，姑娘。”沃伦一边说着，一边用手拍拍他边上的床。

她继续向前追寻着这个真正意义上的房间，却在马儿闪着光的梳妆台前再次停下了脚步。爱玛（沃伦的母亲）和沃伦父亲的一张合影放在梳妆台的上面，旁边摆着一些旧的收据、沃伦的钥匙和皮夹。

“你的妈妈很漂亮。”阿罗玛说道。照片上的爱玛正在微笑，她的橙色口红跟她印着百合花的衬衣非常般配。她的眉毛弯弯的，眉笔描得也非常好。

“我应该早点见见她的，还有卡西。”阿罗玛说道，“要是你在这之前就把我带到这儿来就好了。”她用手指掠过玻璃，刹那间使爱玛圆润的脸的轮廓变得模糊起来。当阿罗玛朝后上方看时，沃伦已经低下了头，再次面向了窗户。她站着咬着双唇，再次长时间地看了看那张照片。她慢慢地走到床边坐了下来，床垫凹陷下去了。她坐着发了一会儿呆，眼睛盯着木地板一直看，就好像木地板上写着什么，而她正在努力解码一样。接着她把睡衣从头上脱了下来，裸露着躺在床上。她身上的皮肤很凉。当沃伦没有动弹的时候，阿罗玛问道："你觉得她会介意我们睡在这里吗?"那时，她大胆地瞅了他一眼。他的眼睛正越过她的脸看向窗户外面，在他的脸上有一种痛苦的表情，这让她的脉搏加快了跳动。突然间，她希望她没有将睡衣脱下。事实上她想要将睡衣再穿上，但是她没有这样做，而是转到了她的那边，摆着跟沃伦一样的姿势，凝视着窗外的黑暗。他们之间至少隔着六英寸的距离。

"那个月亮几乎无影无踪了。"她说道。他什么也没说，只是躺在那儿。她想收回她伸出去的手，将它压在了自己的锁骨上。有种异样的感觉出现在她心里，像乡愁一样堵在她的喉咙里，但是她没有家，乡愁是一种渴望，而在这个世上却没有任何指代物。接着她一下子伸出手来，抓住沃伦的手，将它放到她左边的乳房上，这样她的乳头正好躺在他泥棕色的手的前两个手指的弯钩上。他们在那儿躺了一分多钟，听着彼此的呼吸，保持着他们之间的距离。接着，他滑到了她的上面，开始时就像是刚睡醒的人那样一动不动，接着他将她的腿放到了他的腿周围，从后面推动，进入到了她的身体里，把她压进床垫。这样一来，他所有的重量都压到了她身上，她呼吸起来很困难。在他下面让她的乳房很痛，她差点叫出声来，但接着感觉好了一些，她四处触动以将他全部包围进来，她闭上了她的嘴巴。

清晨，她从浴室里裸身出来，穿过门廊来到了伴随着天亮而变得明亮的房间里。沃伦已经起床，并随着第一缕阳光的出现就离开了房子。她回到床上继续睡觉，直到后来才想起来她应该跟他一起起床，给他煮咖啡、准备早饭，因为那才是一个妻子应该做的，虽然她不是他的妻子。

她裸露着在床边坐了一会儿，拍了拍脚，仔细地考虑着她该做什么。她的两个大脚趾在地板上留下了一排湿湿的指纹印。当她抬头看时，带着一种奇妙力量的爱玛依然在照片里微笑着，爱玛的眉毛弯着，到底是因为心生疑惑还是因为开心，阿罗玛说不出来。她突然站了起来，将窗帘拉开。灰尘堆积在窗台上，附着在不透明的镶嵌玻璃上的灰尘厚厚地积存在了窗格上。在窗户对面，地上长满了草，随风摆动。光折射在她的乳房上，照亮了她腿上水钻般的水滴。她再次感受到了那张照片里那股小而陌生的力量，她想遮住自己的身体，迅速地穿好了衣服。

阿罗玛走到门廊里，她在那里的储藏室里找到了几个小水桶、一把扫帚、一个拖把和几块卷曲着带着尘土的发灰的海绵。她把几块由编带编成的地毯从卧室踢到了门廊，用扫帚在布满灰尘的地板上划分着大块区域和弧线。她对着照片说："我现在已经在这儿了，喜不喜欢随你。"她用她棉布衬衫的下摆将地板擦亮了。她偷偷地看了卧室衣橱，那里只剩下了鞋子。她想着把这些鞋子扔出去，但是她想起了前一个晚上沃伦脸上空洞的表情，当时沃伦掠过她，双眼凝视着窗外一片漆黑的感觉，就像她在这个家里的出现只是个意外一样。这种感觉刺痛了她，她把这几双没用的裂纹斑斑的鞋子留在原处，关上了门。她把亚麻床单从床上拆了下来，这时候她注意到了他们昨天晚上在床单上留下的那些白色的印记。一种消沉而奇怪的感觉涌上心头，她度过了一个没有任何婚礼仪式的新婚之夜。这让她停了下来，向下盯着床看了一会儿，接着把床单卷起来扔到一边，放弃了她在这个卧室里的"战斗"，走向了房子的另一个房间。

门廊里的下一扇门里面是一个空的亚麻织品衣橱。接着是一个摆放着两个单人床的卧室，男孩们的房间。她在门口踌躇了一会儿后走了进去，地板发出了呻吟声。这个房间已经被关了很长时间，她吸入的气息里夹杂着旧墙纸胶带里的滑石粉味道。墙上挂满了中央大学的三角优胜锦旗。他们两个之前都在那个学校上过学，现在都不在那里了。卡西比沃伦早五年上学，那时他已经回到了农场，事实上，他就是那天开车的司机。那天当他们前面的那辆卡车侧面撞上了一辆旅行汽车，并用它后部的所有力量将它装载的金属板猛烈地砸进卡西开着的货车驾驶室时，刹那间，卡西被压碎了，爱玛被削掉了头颅。卡西也曾是农科大的学生，他们那些约翰·迪尔公司的拖拉机模型站在两个窄床之间的两个梳妆台上，拖拉机的顶上布满了尘土，边缘已经旧成了带黑色的绿色。这两个床是人工拼成的，转角处都做得很紧凑。靠近窗户的毛毯已经被太阳晒得褪色了。阿罗玛咳嗽了一下，灰尘的微粒盘旋着接踵而来。她穿过房间来到了窗户前，在她解开窗户的搭扣之后，仍然不得不用手敲击那个旧窗户的框架，使窗框松动一些后才勉强打开窗户。窗外暖和的空气突然来袭，带来的活生生的气息似乎让整个房间都惊愕不已。

窗外，在远处那片最低的田野里，她看到了沃伦。他的渺小让她感到惊讶，他就像是由低洼地形成的水杯里的一个小斑点。这不是一个真正意义上的大农场，但让一个男人去掌控它却是非常大的一块地方。

当她斜下身体透过纱窗凝视时，她的手在小床架上一个带框架的照片上停了下来。这是沃伦七八岁时的照片。她把照片拿到灯光下，看到水已经进入照片里面，将照片带光泽的表面弄得皱巴巴的。照片就是在这个房间里照的，小男孩时的沃伦坐在床上，像野人一样咧嘴笑着，一颗门牙没了，另一颗门牙也掉了一块，有缺口。

她四处看了看房间里的外国艺术品——烟草叶海报、拼图恐龙、玩具马和卡车聚集在一个架子上——所有这一切都让她感到陌生，这些都是她不曾知晓的一个男孩的童年印记。她没有任何属于自己孩提时代的证物，没有任何东西满载着她年龄的烙印。她把她的人生装在两个跟装鸡蛋的盒子尺寸大小相当的盒子里，里面装的主要是她的钢琴乐谱。当她把照片放回床头架时，她再看了一眼他的照片，他那红扑扑的不带任何细纹的小脸蛋光滑如铁板，双眼一点都不锋利。在那张脸上汇集着他生命中那股新生的力量，他的另一种生活，主要是遇见她之前的生活。她退出了那间属于一个她不熟悉的男孩的房间，在她的脑海里，一切变得纷乱起来——对于这个叫沃伦的男人或者男孩，她到底知道些什么，不知道些什么——所以在她关上那扇门时，她很用力。

她匆匆走下楼梯来到了宽敞的主房间里，那架钢琴在这里等着她。她用一根手指小心翼翼地触了一下钢琴的顶部，仿佛在她小手的力气下钢琴也会破碎一样。她打开盖子，按下一个白色的骨键。没有声音，只有海绵破裂般低缓的调子。她按下周围的琴键，高音盘旋着出来了，一根弦嗡嗡作响，发出了难听的声音。她突然走开，朝四周张望，仿佛第一次看到这个房间、第一次见到这栋房子一样。

“狗屎。”她一边说一边将一只手放到嘴上盖住了嘴巴，以免自己再说出另一句话。她独自一个人待在一栋陌生的不属于她的房子里，很长一段时间，她不能让自己松口。她眨了好几次眼睛，把手放在她的臀部上，并默默下定决心，对那架钢琴她不会给予任何评价。这样她就不会显得愚蠢，不会茫然不知所措了。然后她开始认真地清理房子，一旦开始，她就毫不停歇地让自己忙活了三天。

到第三天，当她厌倦了手中亚麻籽油的气味、对自己做的饭也变得更加厌倦时——这些饭菜都是用唯一的平底锅和她上次去杂货店买来的食材做的。她在傍晚时分碰到了沃伦。沃伦刚来到房子的面前，一只手里拿着螺旋钻，另一只手拎着金属网，卷绑在一起。他没有抬头，直到他几乎撞到她。她说："沃伦，另一栋房子里有一些我需要的东西。"

他将身体的重心从一只脚移到另一只脚下，低头沿着斜坡看了看那栋小房子，将铁丝网慢慢打开，摊放在他们之间的地面上。"那里怎么会有你需要的东西呢？"他说道，看起来不太高兴。

"几乎没有东西是可以用来烧饭，"她回答道，"你如何指望我喂饱你呢？你为什么不开车送我去那儿？"

他耸了一下肩，但点了点头。"对！"他说道，然后继续在房子后面的四周转悠，在那里，他把他的工具摆放在卡车的车床上，金属丝一下就从他的手中松开变直了。沃伦按下卡车的后挡板直到被钩住，从后面的口袋里拉出了钥匙。

但他没有和她一起进屋。当她从驾驶室的另一边溜出来时，他仍然坐在方向盘后面。他从口袋里拿出香烟，用大拇指打开烟盒。"想要拿什么就拿吧，"他说道，"门没有锁。"他的手指轻轻地敲了敲香烟头的白色烟蒂。

门开了，里面一股霉味。此前房门根本没有打开过，至少她从来没有见过沃伦来过这里。不论何时她从后门望去寻找沃伦时，他都在地里；要是清晨的时候，沃伦就在谷仓里给鸡喂饲料或者在十字架围栏里给奶牛们松绳子。但是这栋潮湿的小房子，这栋她迎着微弱的荧光灯和破百叶窗的光亮走进去的房子，他没有动过。窗户都被关上了，他们是在一个凉爽的日子里死去的。阿罗玛一个个地松开窗户的锁扣，把它们压到了在窗框中可以滑动的最高点。让一栋房子闻起来有牛粪的味道也比被人遗忘了的好。接着阿罗玛拉开了厨房的壁橱，在壁橱的凹壁处，她找到了爱玛用来烧饭的所有器具。阿罗玛在水槽下面找到了一个盒子，她把她能用的所有东西都堆在了这个盒子里，盒子里装满了各种厨房用具：长柄平底锅、砧板、粘着鸡蛋碎片的锅铲和上面印着蓝色公鸡的玻璃杯。她看了看身后通向卧室的那条黑暗门廊，提起裙子的下摆擦了擦她的上嘴唇，不带任何感情地清点了一下存货。

当阿罗玛站在那里时，沃伦来到了她的身后。“你想让我搬什么？”他说道。

她指着那个盒子，眼睛却看着他。他站在她旁边，笔挺素净得就像一块冷切板一样。

“我真的喜欢这栋房子。”阿罗玛说道。

沃伦耸耸肩说道：“太小了。”

“但是这里漂亮多了，这栋房子更现代化。”她边说边再次转向了门廊。

“嗯，老房子要凉爽一些。”沃伦说，“如果你七月来这里，你会感谢我的。”接着，好像是在回答一个问题，沃伦补充说：“我出生在那栋房子里。”阿罗玛感觉没有什么话可以真正地回应他所说的这些，只说了句“哦”。

接着沃伦用他那从阿罗玛到来的第一天就被她认出来的手势向阿罗玛伸出了手，那是一种带有孝顺意义的新手势。他用触摸一只顽固动物的方式拍了拍阿罗玛的肩膀，阿罗玛却突然向后退了几步，转过脸去。她眨了眨眼，将她展现出的表情都掩饰过去。但是他没有看她，他们没有离开昏暗低矮的门廊，那儿的门都关着。她离开他站着的地方，盯着他仍然举着的手臂，空手走进阳光里。她靠在升起的卡车后挡板上，等着他。在卡车那边，房子的侧面是奶牛牧场的篱笆。篱笆的柱子周围长满了高大的青草，这些地方的草本来应该是矮的，一边被割草机割掉，一边则被牲畜们吃掉。她的鼻子在动物的粪便、干草、马蹄搅动过的土壤和旧卡车被加热的机械油气味中嗅到了青草的气息。所有这些气味混杂在紧张的气氛里，没有一种是熟悉的。她住的地方没有东西可以让她想起任何事情，所有之前的事她都不知道。对她而言，这片土地只是个开始。虽然她认识沃伦已经一年半了，但她现在很不安，因为她刚刚浮现出一种感觉，也许他们之间的关系也才刚刚开始。她想起他第一次谈到结婚的时候。有一天，他对她说："你想当我的妻子吗？还不想？"那时候，她开了一个玩笑，说道："当然，但是不要太迷恋我——我在这里不会待很久的。"他的眼睛闪耀着，接着冲她眨了眨眼，直到后来，那个眨眼才开始让她感到困惑。那眨眼好像是在耍她，或者使她突然变成了一个小女孩，一个充满着远大抱负却没有任何规划的小女孩，就算是有计划，她也没有意志力去执行。她又回想起他们晚上在卡车上的一次次旅行，她现在开始预想那时候她完全忽略的、诸多与订婚相关而未说出口的规矩。也许她的无知并不值得一提，甚至很常见。她咬着嘴唇。

沃伦手拿着那个盒子走出了那栋房子，他们进了卡车里。当沃伦开始转动手柄启动卡车时，阿罗玛偷偷地看着他，她努力地将眼前看到的沃伦跟从旧房间的照片上看到的那张小男孩的脸进行匹配——那张毫无保留地咧嘴笑着的脸。他感觉到了她盯着他看的目光。

"怎么了？"他说道。

"没什么。"

他耸了耸肩，接着将手放到了方向盘的右边，卡车掀起尘土朝老房子驶去。

"等一会儿。"她说道，边说边将手放在方向盘上以阻止他。他刹车，看着她。"我还没有真正看过这个地方呢。"她说。

"不要现在看吧，"他说，"我的胃都快以为我的喉咙被割掉了。"

“去看吧，沃伦。”阿罗玛说道，“我现在住这里了，我不是访客。至少我得看看我住的地方是什么样子。”

他那双蓝色的眼睛看着她，好像他正在考虑着某件有点让他感到不安的事情一样。接着他说道：“好吧，女士。”然后他用双手转动方向盘截住了卡车的轮子，轮轴发出了抱怨的声音，驾驶室像在水上行驶的船一样翘了起来。他将车驶过牲口棚和奶牛牧场。这个牲口棚被漆成了褪了色的深红色，看上去半摇晃着，它那粗糙的加宽的边已经从框架中松动了。

“那个牲口棚一定有一百年的历史了。”阿罗玛说道。

“没有。”他说，“四十年都不到，那是第三个牲口棚。第一个被来到这边烧庄稼谷仓的支持者们给烧掉了，第二个被爷爷给拆除了，当时一根房梁掉了下来，砸死了爷爷的马。爷爷把这个牲口棚建成了圆弧形，将小牛地下通道放到了早建成的那一边。”

“哦，现在这些马儿在哪里呢？”她一边说一边将头转向身后，望着那个牲口棚阴暗的内侧，那里堆放着干草或者工具，不然的话，牲口棚就空空如也了。在牲口棚宽敞的门外，有几只小鸡，看上去昏昏沉沉的，像中了暑似的。

“我把它们卖了。”他说。

“什么？什么时候？”

“葬礼结束后的第二天。”

“为什么？”她问道。

“为了钱，阿罗玛。”他说道，在间断地说出这些话的时候，他脸上露出了痛苦的表情。他们开着车继续前行，当卡车经过时，田野里的奶牛转过身来看着他们。有一头肚皮因鼓起而下坠的奶牛摆动着它微微有点重的头，朝他们的方向向前迈了一步。阿罗玛从座位上转过半个身去。

“那是我看到过的最肥的奶牛。”她说道。

“它怀孕了。”沃伦说道。阿罗玛不自觉地大声笑了出来，但是沃伦没有和她一起笑——他以前会的，她是从侧面偷偷地瞥了一眼沃伦时发现他没有笑。沃伦没有笑让阿罗玛感觉自己的笑声非常空洞，就像她的嘴巴在回味着某种已经逝去的快乐一样。她坐回到座位上，不再看着他和牲口棚，把左手放到两条腿的中间并紧紧地压住了她的膝盖。她用右手抓紧车门，车门上的窗户被摇下来了，她摸了摸由乙烯合成板和镀铬物件构成的窗框上的灰尘。当她收回手，仔细地看她那杯状的手掌心时，灰尘附着在了她的皮肤上。她的裙子和她的脸上都是灰尘。

“烟草。”沃伦边说边掠过她朝外望去，她追随着他凝视的眼神。

“我知道。”她小声地以一种沙哑的嗓音说道。

“烟草不多，”他说道，就像她没有开口说话一样，“但是也不需要很多，它们卖出的价格非常高。玉米在山那边。”他边说着，手掠过转向轴指向了玉米地。玉米地在山的边缘处，它是从一块耕种过的低洼地里冒出来的。

她朝烟草地看去。这种植物上面的叶子很瘦，下面的叶子却伸展得很开，但是它们不高。那些叶子虽然是绿色的，却从秆上过早地以一种不自然的倾斜度稍稍地垂了下来。当他们走近看时，她发现这是因天气而造成的植物“贫血症”。在下垂的烟草根部下面藏着土壤铜色的容颜——不是印第安人的那种红色，而是被太阳变得贫瘠的那种苍白的颜色。

“它们看上去很弱小。”她说道。

“天气真的太干旱了。”沃伦说道，“如果这个季节我挣到钱了，明年我就把它们移植到那块地里去。”他朝位于南边的那块休耕地点了点头。她只能看到烟草那边那块地光秃秃的表面。

“问题在于，我只想……”沃伦说道，但是他这句话没说完就收回去了。他朝田地做了个鬼脸，她看见他两眼愣得发直。那是双有着天空颜色的眼睛，也像天空一样遥远。他像是被某种东西迷住了一样似的看着她，就像他之前所有的自我都从身体里被吮吸了出来，被强行注入到了他那双小小的凝视着的双眸里。她不喜欢他现在这双新的无神的眼睛，也不喜欢他说话时语言消沉在他新的交谈方式中，就像他的舌头再也承受不起言辞的重量，或者就像他身边的人根本不在那儿一样。

沃伦开着卡车绕过了田野远处的尽头，开到了向上升起的长满木头的山脉弯曲的山坡下面，接着又绕回到了玉米地，这样他们就可以从东边靠近那栋房子了。他们没有再多说什么，阿罗玛凝视着房子变大变白。当他们靠近的时候，房子的废弃和破旧变得越来越清晰。沃伦把卡车开上了斜坡，在房子后面停了下来。傍晚的阳光在卡车的挡风玻璃上点燃了一团“火”，阿罗玛在说话前不得不将眼睛闭上。“嗯，我想我最好先去做点吃的。”沃伦唯一的反应就是帮她把装满厨具的盒子搬进房子里去。她不知道要做什么吃的，她不会使用搅拌机，也不会做她从小一直吃的砂锅菜，但是她会学。当她把锅碗瓢盆挂到墙上的弯钩上时，沃伦又从房子里出去了。他香烟的烟雾时不时地告知着她他还在周围，接着烟雾消失了，过了差不多一分钟的时间，她听见拖拉机启动了，渐渐地，她什么声音也听不见了。她看了一眼这个空荡荡的厨房，开始做饭直到天黑。

阿罗玛从未做过饭，但是她没有一句怨言。她从旧厨房的储藏室里找出了一本食谱，清理了上面的灰尘，继续试着做饭。当她做好她真正意义上的第一顿饭时，沃伦没有发表任何评论。这顿饭里，面条没有煮熟，鸡肉硬得像肉干一样。她把沃伦的不评论当作是对她的赞美。她严格地履行着她所有的职责，这些职责将她牢牢地束缚在了家里。她早就知道这将是她农场生活的一部分。当沃伦对她说“我正在接管农场——不拍卖、不出售，也不会马上雇人，而是自己包揽农场所有的活儿以节省成本”时，她已经知道了这会是她农场生活的一部分，但是她没有看出来，就他们两个人经营一个农场实在是太难应付了。她知道她要打理一栋房子，但是她希望会是那栋小一点的房子。就在第一天晚上他向她描述农场的时候已经告诉过她了，他的曾曾祖父造的那栋老房子快要坍塌了。在沃伦还是个小孩子的时候，他妈妈在他爸爸死后不到两个月便从这栋老房子里搬了出来。房子远远超过了爱玛想要的，因为她还要经营一个农场，而在这之前，她只需追着孩子们玩耍就好了。突然间，土地上到处都是她的身影了。从缝纫衣服到捆扎干草，到建筑围墙，到圈牛喂马。她从未学会过的一件事情就是修理农场里的机器。当机器坏掉时，她总是“嘘”的一声将孩子们赶走。多年后，沃伦才意识到，妈妈将他们送走的原因是她不想在他们面前哭。把大把钱花在了机器上，她就应该知道如何去修理它们，这让爱玛饱受折磨。沃伦说这些的时候笑出声来，他的头靠回到座位上，眼睛向上望着达斯帕尔山锥形的山顶，微笑着。“她可以变得非常强硬。”他说道，“这就说到在我放弃骑马的时候了。”

“什么时候？”阿罗玛问道。

“在我七岁，也许是八岁的时候吧。就在爸爸死后不久。”

“怎么回事？”阿罗玛问道。

“两个原因。第一，这头老母马带着我跑进过池塘一次，那个池塘的水相当深，那天晚上它让我在那里一直待到了天黑。我非常害怕，不敢下来，也不敢奋力地趟水把自己救出来。”

“哦，不！”她大笑道。

“那里有鳄鱼。”他咧嘴笑着，“但是妈妈找到了我，她对我很生气，对马也很生气。从那之后，我好像再也没有碰过那匹马。第二，那是关于我们工作时间的事情。之前我们也总是干些家务活儿，但在爸爸去世后，我们只能选择要不什么都不管，要不就得去干活。”他耸耸肩，“当然，爱玛做的事情最多。我得给她一个公道的说法。”

阿罗玛现在很好奇，她曾经工作过吗？她的确干过活，但这不是同一件事。她在学钢琴。她从来没有经历过近似于突然失去家的感觉。这更多的是关乎于她从来都没有过家，而不是她能不能忍受失去的问题。她也曾希望拥有某种东西，当她渴望某样东西时，她会如饥似渴、非常热切地希望得到它。而她碰巧擅长了一样她很渴望拥有的东西，这对她而言纯粹是运气。手指工作很简单，记忆也很简单，她甚至都不用费劲。这是她每周都很喜欢展现出来的一个事实。这让她的老师又爱又恨。她的老师希望她慢下来，认真倾听，按照每页的乐谱演奏，但是年轻的阿罗玛做不到，她将一首首曲子变成了带着狂野精神的属于她自己的创新。博伊尔夫人说阿罗玛可以让刚睡醒的人们手舞足蹈，这并不是赞美的言辞。所以，她慢慢地驾驭着阿罗玛，训导她，但是她从来没有碰触阿罗玛大脑里大胆的部分，那个部分可以捕捉住乐谱并记住它们——有时候好多年也不会遗忘和退化——之后，她就可以将它们释放出来，满屋的人都会坐下来聆听这些曲子。博伊尔夫人不是很喜欢讲溢美之词，而阿罗玛却很想听。博伊尔夫人总是仔细地注视着这个两眼直愣愣地盯着头上钢琴的女孩，这个女孩就像是一匹被戴上了眼罩的马。她从阿罗玛身上看到了一种不同凡响的渴望，一种一无所有的人拥有的那种强烈的不断向前涌动着的需求。

但是在来到这栋房子的前几个星期里，阿罗玛并没有考虑过她想要什么，她没有时间去思考关于有没有钢琴的事。她努力地让自己的需求跟沃伦的需求同步，每天早上将沃伦送出房子，让他在地里一直待到太阳落山。她把氨气和清水混合装在水桶里，把房子里所有的窗户都擦得明亮极了。她跪在地板上，用她在水槽下面找到的那把旧扫帚的刷子把所有的木地板都刷了一遍。她用亚麻籽油和醋将把所有物品的表面都擦得闪闪发光，除了那架钢琴，她想让它就闲置着摆在客厅里。在地下室的地窖里，她双手拿着手电筒，大胆地走了进去。在那里，她找到了一个旧的食物储藏柜，门是打孔锡板。正当她想仔细看看里面时，她看见了一条四英尺长的蛇，吓得她乱摸着布满蜘蛛网的通向草坪的木梯子爬了上来。她猛地关上了下面的地窖门，在草坪上大步走着，不停地抖动着，将手穿过头发以抖落残留在头发上的蜘蛛网。

她干活的时候，房子里连收音机的陪伴声都没有，但是她努力不去想这件事。她不想犹豫不决。但有时候，当她在菜台上切蔬菜时，听着菜刀敲打着砧板的声音，她的耳朵会被菜刀的节奏吸引，或者她会发现自己哼起了曲子，她的手指摇晃着，想到琴键上去晃一晃。如果她任由自己的想法下去，她会思念钢琴的，但是在这栋大房子里，她很忙。她立下誓言，她会等到合适的时间再说出自己的想法，如果她的脾气不会像火柴那样一点就着，毁掉那个恰当的时机的话。

现在又到了另一个时刻慢慢消散的下午，她站在厨房里，读着一袋米背面的说明。她已经花了好几个小时的时间埋头研究菜谱：学着将肥肉切块放进蔬菜里，在猪油没了时收集猪油并装在空着的玻璃咖啡坛子里。自打她第一天来到这栋房子之后，她的厨艺已经有了明显的进步。厨房是她最喜欢的房间：墙壁高高的，白色的天花板到处是一些褪色的裂缝，就像是头颅上飘着的几缕旧头发一样。阳光从这个房间射进来，触摸着她。厨房间里的窗户分别朝南、朝东、朝北开着。当盯着炉子时，她就看不见山了。

米在锅里沸腾着翻滚，她闲逛着走出厨房，穿过餐厅，餐厅的壁纸上画着金色的菠萝，壁橱都像古董一样。她没有走进前面的房间，那个房间的墙上挂着照片，照片上的人注视着她。她靠在房间中间的门框上，不用受任何拘束。在房子外面，最后一缕太阳光像金子般洒在了草地上。阳光照到钢琴上，照亮了它漩涡式的琴脚，旋转着慢慢地拨开钢琴的纹理，棕色渐渐地变成了黑棕色。在钢琴凹陷下去的支离破碎的框架上，她窥见了它之前令人敬畏的美的影子。她两眼盯着这架钢琴。房子里静悄悄的，蟋蟀们还没有开始过来觅食。阿罗玛用手指敲了敲钢琴的木头边框，再次想起了博伊尔夫人和自己练习钢琴的那些时光。博伊尔夫人激励她、训练她，当博伊尔夫人被阿罗玛敲击琴键的声音激怒时，她就会叫着："你是在演奏钢琴呢，还是想为摇滚乐队伴奏？"一边用一根红蓝相间的指挥棒轻轻地敲打阿罗玛的指节。博伊尔说音乐也可以诞生在沉默中，就如同它从声音中发出来一样。休止符可以创造乐句也可以让乐句埋葬，那是唯一可以赋予位于上升音和下降音中间的音符以意义的东西。没有沉默，杂音、无穷无尽的咔哒声、敲击声和颤音就不会终止。博伊尔夫人就是这么说的，咔哒声和敲击声——尽管阿罗玛没有真正地相信过她，阿罗玛从来没有学会慢慢来或者从未相信过耐心的力量。只是博伊尔夫人，她对阿罗玛演奏出来的声音是如此担忧，以至于她连说话都受影响了。"不对，阿罗玛小姐，你不能……你不应该演奏出像油漆一样的声音，不……不能像喘气的声音一样。不能吗？不能，真的不能。"阿罗玛每次上完这些钢琴课都改变了那么一点点——"扔掉那些H音，"博伊尔夫人说，"扔掉那些H音。"——这时候的阿罗玛已经不再像那个刚离开婶婶和叔叔时眼睛刺痛的小女孩了，她更像是一个总是向往着外面的世界、时刻准备着离开、已经扔掉了H音的女孩。

她把饭烧煳了。烧煳的味道传到了她那里，她跑到厨房，厨房间里锅底的米饭已经由脆脆的棕色变成黑色了。她把锅端到混凝土台阶上，站在了电扇前。她把电扇放在开着的门边的椅子上。电扇吹出来的风使她的衬衣绕着她向前拽着，扇动着锅里冒出来的水蒸气。阿罗玛看见沃伦在牧场里，双手朝上放在奶牛的乳房下面，做着只有天知道在干吗的事。但是他很快就回来了，就在她站着的这会儿工夫，向西的光已经变得通红，蒸汽从她四周开始慢慢散开来。她有点想把那些米饭倒给奶牛们吃，但是沃伦会说现在这种情况，你怎么能倒掉呢？每次她浪费米饭时沃伦都是这么说的。想到这个，她的眼睛眯了起来，低头看了看她端出来的米饭，中间还是白如棉花，所以她把它们留了下来。

沃伦回来时，他的脸被六月的太阳又或者是被白天的炙热烧伤了，尽管那时热量正在散去。她看到他胳膊上的毛已经被漂白了。他的无名指上什么也没有，像煤炭一样黑的泥巴环绕在他指甲的边缘。她记不清他的手是否从那晚上开始就一直是这样的，那些他刚洗好澡、刮好胡子就开车到大学里去见她的晚上。她记不清那时候他抚摸她的手到底是什么样子，因为当他们一起在卡车的后排座位上睡觉，或者因为天太冷没有办法爬到后排座位而睡在驾驶室时，天总是黑的，根本看不清什么是什么。

“吃什么？”他问道。

“米饭和鸡肉。”

“嗯，就吃这些。”他一边说一边点头。

“太好了。”她说道。接着他看了看她，走到了她身旁的水槽前，开始拿起她那块白香皂慢慢地在他的双手上涂起泡沫来，一边涂一边一直看着她。

“不是这块香皂。”她说。她用手在水槽下面摸了摸，摸出一块带着碎粒的棕色香皂。她把它递给了他。

“那块白香皂怎么了？”

“那块白香皂是我用的，你整天摸动物的后面。”

“我并不经常摸动物！”他说，“这就是香皂的用处。”

“不是那块白色香皂，是这块。”他盯着她的眼睛，先看了看她左边的眼睛，接着看了看右边的眼睛，又看了看这块香皂。接着他拿起香皂洗手，摇了摇头，什么也没说。当他洗完时，他微微抬起眉毛把双手伸到了她的面前，但是她已经转过身去，扭头对他说：“我们吃饭吧。”

下午的时候，她像平日一样把饭桌摆好，等着他。他坐下来，她给他们两人都盛好了饭。他们开始吃饭了。

沃伦吃了两口后说道：“该死的！阿罗玛……”

“什么？”

“米饭吃起来就像房子着火了一样。”

“沃伦！”

“怎么？”他手掌心朝上地把手举起来，“真是这样。”

阿罗玛突然推开她的盘子，豌豆和胡椒从盘子的一边撒了出来。豌豆像装在口袋里的绿色弹珠一样滚到了餐桌的中间。

“你为什么又发脾气？”他说道。

“我是因为你才做这些饭的。”

“也是为了你自己。”

她没说话，他把胳膊折在胸前，稍稍低下头，仿佛在透过玻璃偷看她。“怎么了，只是吃的呀。”他说道。

“嗯，我不知道怎么做饭。”她说道，“考虑种种因素，我自认为已经做得相当不错了。”

“是的。”他说道。

“我需要得到一点尊重。”她说。

“好，”他说，“你可以得到一些尊重。”

她没有笑。他摇了摇头，尽管他没有笑，看上去却像要笑的样子。他伸出手来，用他的叉子戳了戳她的手。她把手抽了回去。“哎呀！你到底想要什么，阿罗玛？”他说道。

不知道是因为他的手在洗过之后指甲下面还是有泥巴，还是因为他的叉子戳了她，她松口了，突然说道：“我想你娶我。”

他手中的叉子滑落下来掉在了盘子的边上，发出了一阵哗啦声，他盯着她。“我是想娶你，”他说，“我不是让你到这里来……”他说得打起结来。

不一会儿，她就吵了起来。“嗯，我知道，我就是有点吹毛求疵。”她漫不经心地说道。

他静静地看着她。“不对，你在跟我斗气。”他说。

“没有。”

“你发火是因为我没有先跟你结婚就把你拉到这里来了。”他的手在桌子上蜷了起来，又黑又干，就像是一块晒黑的牛皮。

“就是发生的这些事。”她说话的声音很柔和，突然很柔弱似的。

“那是对的，”他说，“这些事情不是毫无关系。你想让我在一个真正的教堂里举办的婚礼仪式上跟你结婚，对吗？是这样吗？”

“也许吧。”她耸了耸肩。

“是不是这样？”

“天哪，我不在乎。”她说。

“我在乎。”他边说边站了起来，椅子在往后靠的时候与地板发出了嘎嘎声。他走出房间，像忽然想起了有重要的地方要去，而并不是因为故意生气。她跟随着他的步伐，直到她发现他并没有离开这栋房子，只是站在门边，背朝着房间。她在水槽里胡乱地摆弄着盘子，扭头看了看他。他从口袋里掏出了香烟，凝视着院子。但是她没有太多耐心。当她不知道他在想什么时，她的神经会嗡嗡作响。这些天，她越来越焦躁了。她走到了他身后。

“现在你在生我的气了。”她用弱弱的声音说道。

“不，没有生你的气。”他边说边点起了香烟，脸朝着门外，漫长的一天让他累得精疲力竭，“不是，我只是不知道我怎样才能……”他的声音听起来很恍惚，又一次，他没有把话说完。阿罗玛咬着她的嘴唇，叹了口气，他的肩膀挡住了她的视线，她看不到那边的田地。但是她不在意，因为对她而言，那块田地看起来只有痛苦。

“你不是在生农场的气。”她不情愿地说道，“尽管我们需要很努力才能不将它称作是土壤、泥巴，或者是将你不合理地捆绑在上面的土。它却让我们一直在哺育着这片大山，从山脚一直到山的上面。”她说这些的时候，声音很平稳。她在寻找着一种平衡，一种渴望拥有他，却又不喜欢这些他刚刚在带着温情打量着的所有东西之间的平衡。这些东西在他眼里就像是刚出生的婴儿一样。

“你认为这对你不公平。”他说这些时没有转身，一缕极细的香烟萦绕着他的脸庞，片刻间浸入到了她的鼻子里。

“不要担心这个。”她说。

“我有债要还。”他所指的债是银行的贷款。但是她不知道这个，于是她说：“天！沃伦，你可以对我关心一些。”他转过身来，低头注视着她。她咧嘴笑了，将香烟从他的嘴里拔了出来，弹到了门外。

她一直等到他满身大汗，精疲力竭，他靠着她的头发发出那种悲痛的声音，在她碰着他的胸直起身子之前，她说：“就现在，我想弹钢琴。”一半身体还压在她身上，他什么也没说，重重地喘了很长时间的气。在他躺下、叹气、将身子摆正之间，他让她感受到每一口气都聚集在他的肚皮上。接着他清了清嗓子，用轻松平和的语气说：“我不会不让你弹钢琴的。”她不喜欢的就是他嗓音中新带的这种没有任何调情的味道，却令人扫兴的感觉，没有任何的假装和做作。

在半明半暗中，她的双眸回到了他身上："那架钢琴太破旧不堪了，沃伦，我无法在它上面演奏。"

"真的吗？"他说，似乎真的感到很诧异。

阿罗玛用力地拉被单，他滚过去时把被单全卷过去了。他没有帮她，就躺在那里，让她一直拉，直到她拉过去一个破烂的边角，盖到了身上。

"你有看过那架钢琴吗？"她说，"我没办法在上面弹琴，天知道它在那里放多久了。它快散架了。"

"嗯。如果它需要调音的话，我们可以调啊。"

"光调一下远远不够。"

"哦。"沃伦用一种她感到不太舒服的方式对她说，"我估计我们能做的只有这个了。"

"我需要一架真正的钢琴。"阿罗玛说道，她用胳膊肘撑起自己，好让沃伦更清楚地看到她。

"上次我检查过的，阿罗玛，那是一架真正的钢琴。"

"沃伦，我——是——一个——钢——琴——师，"她拖着长音说道，"我想认真地跟你说，我想买一架真正的我可以弹的钢琴。我们一直都规划着我应该继续弹钢琴，我现在依然想这样做。我想去学校。"

在她第一句话说完之前，沃伦就摇头了。他没有看她，尽管她的目光坚不可摧。"我们不能那样做。"他说，她的耳朵被他那拉长的、慢声慢气讲出来的话惊吓到了，那种方式就像是发动空中突袭一样。有那么怀抱着希望的一瞬间，她以为他会说我们可以那样做。

"我们为什么不能？"她问道。

"因为……阿罗玛，我们没有钱。"

“为什么没有钱？”她问。

“你跟着我变傻了吗？”他现在直视着她。

“没有。”她说。

“该死……阿罗玛，”他边说边用两只胳膊肘将自己撑了起来，以便更好地望着她的眼睛，“买那个东西不是只要花一分钱的事。我是个幸福的男人，我甚至可以在晚上都把你喂得饱饱的。但我连上个厕所的钱都没有，更不用说给你买架钢琴了。你理智点。”

当她没有反应时，他继续用更柔和的声音说：“你知道的，我想让你去演奏你的音乐，但是目前我不得不担心这个农场。这是我所有的财产，现在就在这儿。我会努力地给你买一架钢琴，但是我需要你平静地对待这件事。就一段时间，我们会让这个农场运转起来，然后我不会介意给你买你想要的任何东西。但是我需要你节俭一点。我发誓不会太久，只要你肯节省一点……”

他转回到床上，接着就像是事后才想起的一样，他伸手把她拉了过来，紧紧地靠在他身上。他劳累了一天的身体上的汗味侵入到她的鼻子里。当他把脸抬起来对着天花板，把脖子稍稍伸展开来时，他的下巴抬起变硬了一会儿。从他移动的方式她看到了那个谎言，从他过于热忱的语言里她也听到了那个谎言。他主要是在对他自己说谎，她只是次要的受害者。

“你口渴吗？”她突然说道，说着便从他握着她的手里挣脱开来，跌跌撞撞地站到地板上。他的手抓得太松了，根本没把她握住。她的腿因为承受他身体的重量太久而微微地颤抖着。

“口渴。”他说，“但是不要接这儿的水龙头里的水，这里的水龙头都锈掉了。”

她沿着木台阶走到了阴暗的客厅里。为什么他想住在这个破旧的地方而不住到那栋新房子里呢？新房子里有灯，有亚麻地毡，还有很好的井水。她不明白。似乎他在努力地向一个根本没有关注他的世界证明，他现在一个人独自在这里，正经受着被留下的活着的那个人的痛苦，但是他可以忍受。或许日子越艰难，他的忍耐力越强，就像蜷缩在痛苦里是对伤痛一种默默的救赎一样。如果所有的伤痛都在那儿等着被延续的话，现在他就在延续着这些伤痛。她走进厨房，将水倒满一个玻璃杯。她的思绪无法平静，她凝视着环绕在她手上的光圈螺旋式地下降。当她穿过前面的房间把冷的玻璃杯放回去时，她突然停了下来，她胸部的心脏处痉挛了一下，她朝上看了看。墙上装照片的相框密密麻麻地排列在一起，她不想朝它们走去，但还是去了。她迎接着那些凝视着她的眼睛，那里有太多这样的眼睛了，她数都数不过来。穿着校服的不超过十五或者十六岁的男孩，手上画着白胡桃色，他们的灰色小刀像玩具一样；有一个小男孩，目光游离，旁边站着一条高大的狗；年轻的和年老的女士们，脸颊扁平，梳着像刀一样的中分头，都穿着黑色的裙子。她看去的所有地方，女士们都穿着黑色，她们的手放在黑色的《圣经》或者叠放在她们的长裙上。婴儿们也是，他们黑色的眼睛有的睁着、有的闭着，其中有些婴儿的动作已经看不清了。大人们也只是站着，花了很长时间才设法掩盖住他们打呵欠的表情。在那中间，她认出了还是个小男孩的沃伦，沃伦的妈妈、爸爸和卡西站在他的四周。他们是在一个有白色护墙板的教堂前照的相。阿罗玛向前倾斜，凑近了些。孩子们和爸爸都微笑着，但是爱玛只是向上看着，脸上没有什么确切的表情。阿罗玛起身站好。这也许不关乎这一片土地，不关乎沃伦会怎样，也不关乎她自己，那个沃伦曾说他会娶的女孩。一个人最爱的是已经失去的东西，所以这关乎的是所有在这些照片上的人。他们当中有些甚至已经死去很久了，很多人沃伦自己都没见过，并很可能连他们的名字都一无所知。这不公平。在这里，她才是那个活生生的人，她的肉体刚刚把他的肉体带进了她的身体里，但即使是在她的身体里面，他也无法平静下来。她看着那一双双无情的眼睛，她的嘴噘了起来。她想说："即使你们已经死了，我在你们面前也毫无防备。"他们可能会想说："对，对，你毫无防备。"

"阿罗玛，"楼上传来了沃伦的声音，"你还好吗？"

她朝着声音的方向转过去，"我很好。"这是她第一次这么大声地向他说谎。

她在农场生活的日子很有规律。早上，在她和沃伦一起起床并目送沃伦到田里和牧场之后，她继续在房子里四处打理。每天，她都要清扫地板和后面容易剥落的楼梯。每隔一天拖一次地，主要是因为沃伦在走进走出房子时会留下一堆堆碎土。她清空了所有的厨房橱柜，刷掉了老鼠的粪便并设置了陷阱。每天早晨，她做的第一件事就是去找到新死的老鼠，将它们和垃圾一起扔出去。当她真的发现一只老鼠时，她像举行某种仪式似的将老鼠放到一个罐子里，使其自然落到罐子的底部，它的脖子仍然夹在弓下，它那没有生命的小爪子轻轻地蜷缩着，就像睡着的人的手一样松软。

一天早上，当她把垃圾搬到房子旁边的垃圾桶时，她发现了爱玛花草枯萎的花园，聚满了乌鸦。自从爱玛死后，这个花园已经遭殃好几个星期了。像绸带般黑压压的蠕虫紧紧地悬挂在从短杆上下垂的豆类上，大片绽放着的百日草已经枯萎成了灰褐色，它们的眼帘垂向了地面。只有一朵蓝色的锥形花还保持着它的颜色，虽然那极小的锥形花瓣已经失去了一半的形状并呈现出了棕色。阿罗玛弯腰靠近这朵蓝色的花，即使她已经弯下了腰，一只白腹的蜜蜂还是落了下来，它的翅膀疯狂地颤抖着，从花瓣里那个极小的黄色心脏中取出了最后一点花粉。接着蜜蜂飞走了，留下了植物。植物站在那里，变小了些，但无动于衷。阿罗玛脑海里浮现了重建这个花园的想法，尽管不知道该如何重建，但最后，她觉得自己不想打理另一个女人的花园，她不想打理任何人的花园。

有一次或者那么两次，当她在傍晚感到无聊时——此时晚餐已经准备好，正等着沃伦回来吃——她会去和沃伦一起把奶牛赶回牛圈。她尾随着他漫步走过牧场，绕过长满树而完全阴凉的小山丘外面，到了一个他们再也看不见房子的地方，山脊在他们的头上若隐若现，云团下面是一堵石灰岩墙，墙周围的树长得枝繁叶茂。就在那里，他们拥有的为数不多的几头奶牛聚集在一个池塘的周围。大多数的时候，这些奶牛都是伸直腿在水中站着不动的，就像那些奇怪的讨厌的水鸟一样。沃伦会在它们后面绕着转圈，阿罗玛则跟在沃伦的后面。上来的时候沃伦会跟着那头最老的奶牛，它那张刻着年轮的疲惫的脸长在它纤细的头上。他从那头奶牛肩胛骨后面摸摸它——肩胛骨在奶牛的颈部下面，微微向外突出——说道："胆小鬼！"接着朝房子和谷仓的方向走去。那头奶牛在他后面跟了过来，它的臀部随着整齐的步伐交叉抖动着。阿罗玛跟沃伦保持着紧密的距离，其他奶牛都被落在后面了。她对这样的大生物仍然很警惕，她不停地回头看这些奶牛以确保它们没有离得太近。有时，她琢磨着沃伦的脸部已经放松下来了，可以问问题了，她就会贴紧沃伦问东问西。她想知道一头奶牛可以活多少年，吃多少草，奶牛是会生一群小奶牛还是只生几头。

有一次，在经过几轮的提问后，她问："被阉割的公牛和奶牛怎么发生关系呢？"

沃伦走在她身边，做了一个动作，像快在他手里睡着了似的，他卷起下巴，把他那张开的指尖推到了他的额头上。他说："现在一头被阉割的公牛指的是被阉割的雄性小奶牛。"

"嗯，当然。"她说。

接着她又问道："但没有被阉割的公牛是什么呢？"

沃伦清了清嗓子，仰望着天空："它们是那些仍然可以性交的牛，阿罗玛。"

"哦，"她咧开笑着嘴说道，"它们在哪里？"

"我们没有公牛。"

"怎么会这样呢？"

"我把它卖了。我已经有一头小牛快出生了，太麻烦了，这原本是卡西的事情。我不是不想要更多的奶牛，而它们会把这块草地吃光。那头狗屎就是台割草机。我现在没有时间想要不要更多奶牛的事。"

接着，她和奶牛们与沃伦一起走到了谷仓，在那里，他用手势示意阿罗玛在他去取干草的时候留在外面——他不想让她和公鸡纠缠到一起——他回来了，用干草和干玉米填满了外面的槽，并拧开龙头，冰冷的井水涌了上来，光芒四射地溅洒到混凝土做的槽上。终于，奶牛进了围栏，太阳落下了，他跟在她后面，拖着脚步回到了那栋房子里，他也可以休息和吃饭了。

七月的一个清晨，当阿罗玛拖完厨房的地板时，她听到了沃伦的卡车启动的声音。当卡车振动的声音消失在房子的周围，而不是一直停在那里时，她发疯似的突然将拖把扔到一边，快速地冲到房子的前面挥动双臂。从后视镜中看到了她这些疯狂举动的沃伦，踩了刹车，卡车在砾石中剧烈地震颤着，扬起震碎的石头和灰尘。在阿罗玛跑上来说"带我一起去"之前，他已经推开了车门，一只脚踩到了地上。

他晃了晃脑袋，"要命，阿罗玛。"他说道，"你是喜欢把我给吓死。"

"我想去。"她边说边抓着他打开的车门。

“当然可以，当然可以。”他边说边摇摇头。

他开车穿过乡村来到汉斯维尔，直接开到了银行。阿罗玛凝视着窗外，她的眼睛紧紧地盯着沿途的一切，好像只要她盯得足够紧，这一切都可以被据为己有一样。她在他的身旁一言不发。嘴巴稍微张开，手紧握着车门的把手。她喜欢她看到的一切。

沃伦在银行的事一处理完，他们便开车沿着主街回来了。阿罗玛的头不停地从一边转到另一边，欣赏着这些靠得如此之近的双层建筑，它们当中有些建筑之间的距离连一英寸都没有，全都是玻璃窗。刻在门上的日期让她隐约感到有些诧异。一个四面都空荡荡的公园，一位母亲和两个没穿鞋的孩子在公园里走动着。随着他们的移动，太阳用光线洗礼着他们的头发。沃伦开车驶过一个玻璃店面，玻璃上用卷曲的字体写着“餐厅”的字样。阿罗玛突然从周围的景色中回过神来。

“我们不能更多地做点事吗？”她说道。

沃伦朝她竖起了一根眉毛。

“比如去一下餐厅之类的？”她脱口而出，放弃了之前的诡计。

“不行，阿罗玛，”他说道，“没有钱。”

她的脸皱了起来。“但是我有这么多想做的事情，我从来没做过其中任何一件。”她说道，实际上她的眼睛开始痛了。

“什么，你以前没在餐厅吃过饭吗？”

“吃过一两次。”她答道。

“天哪！”他边说边踩了他的刹车，“你是在认真地回答吗？”

“嗯。”她说。

“好吧。”他说，“太惭愧了，有时我会忘了你没有真正地体验过生活。”他在马路的中间将卡车掉头，加大油门朝餐厅开了回去。在他们进去之前，他算了算他皮夹子里的几张一块的钞票。

餐厅里面装饰着红色、白色和蓝色的丝带。老人们弓着背一排坐在前台，隔间里坐着一对对老夫妻。两个孩子，一个女孩和一个男孩在远处的过道里来回上下地跑着，一遍又一遍地重复着尖叫文字游戏，他们高高的嗓音像鸟儿的呼唤声一样。女孩的脸上洋溢着一种近乎狂喜的快乐表情。阿罗玛一动不动地看着这个女孩，直到沃伦用手指轻轻地拍了拍她的手腕，指向菜单。她点了煎饼。当煎饼上来，她吃的时候故意多观察着它们，就像是第一次见到它们一样。她掀起其中的一个来察看下面部分的棕色圆圈，用叉子鼓起的柄部将煎饼的两片分开，仔细观察煎饼洞里面的面粉糊。

“你知道，我可以学着做这些。”她说道。沃伦看了她好一阵子，接着转了转眼睛。他安静地吃着东西，阿罗玛坐在他对面，脸上绽放着咧着嘴越来越天真的笑容，直到一个女服务员走过来。沃伦眯着眼睛看着这个女服务员，接着这样的事情又发生了一次。阿罗玛转身看着那个高大的女孩子，她那漂亮的肤色几乎跟煎饼的颜色一模一样。阿罗玛心想，谁把她的围裙这么高这么紧地系在她的小腰上呢？这使她的乳房看起来比原来要大多了。在她的煎饼只剩下一口的时候，阿罗玛将她的叉子慢慢地放回到陶瓷盘上。

“你看那个女孩干吗？”阿罗玛问道。

“什么？”他蓝色的眼睛整个放在了她身上。

“我看到你在看那个女孩。”

他摇摇头，噘起了嘴。“我没看。”他边说边朝地上看了看。

“狗屎！”她说，声音越来越大。

“别说了，阿罗玛！”他说。

她瞪了瞪那个女孩子，又瞪了瞪他。“狗屎！”她又说了一次，“那是谁？”

“没有谁，”他说，“只是高中时坐在我前面的一个人，就这样。”

阿罗玛看着那个女服务员，但那个女孩一次也没有看过她，每次那个女孩经过时都将她的头扭过去了。接着阿罗玛重重地坐回她的隔间，木头在地板上发出了隆起的声音。她将双臂交叉在胸口。

“你不饿吗？”沃伦说道，身子向前移了一下，又开始吃饭了。

“不饿！”阿罗玛说道。她没有再碰她的食物，砰的一声将手指弹了一下，指甲碰到了盘子的边上。

“你好了吗？”他说。

她抬起眉毛。

“你想走了吗，阿罗玛？”他慢慢地说着，声音中夹杂着疲惫。

“嗯，我觉得我想走了。”

沃伦将他的最后一口食物塞进嘴里，把她的食物也带进嘴里之后，起身带着阿罗玛不紧不慢地走到了收银台前，就在他伸手去摸皮夹时，那个女孩的身影出现了。阿罗玛像老鹰似的绕过他的肩膀看着那个女孩，她看见那个女孩试图在沃伦认出她之前溜进柜台后面的服务台。但是沃伦朝上看了看，他们的目光相遇了，那个女孩子羞愧的脸变得又红又热，甚至连她鼻子周围很窄的地方都变红了。

“嗨，沃伦！”那个女孩说道。

沃伦点了点头，什么也没说，但是他也没有将目光移到别处而是看着她，等着。他的一只手仍然放在他后面的裤袋里，摸着他皮夹子的边缘，他身体的一半似乎已经准备好转身离开，另一半却还不想走。

“我——”她一边说一边看着阿罗玛，对着阿罗玛眨了一下眼睛，因为这是她第一次见到阿罗玛，“我，呃，我是真的……为卡斯尔斯，沃伦还有你的母亲感到很难过。卡西是那么好的一个人，他是那么风趣。”接着她把她漂亮的小嘴唇咬了起来，她红色嘴唇的底部突了出来，展现在沃伦的面前。沃伦看着那个嘴唇展现出的怜悯，但是他自己的嘴却没有给出回应，他只是看着她。一种对于这个女孩近乎颤栗的短暂的厌恶感穿过他的身体，这个女孩子躲着他就像他并不存在，就像他也死了一样。

“那是最好的小伙子。”那个女孩说着说着沉默了下来，她对着阿罗玛弱弱地微笑了一下——但笑容很快在她的嘴角消失了——她转身想把自己从这种困境中解救出来。她迈着大步走到了后面，因为没办法走得更远了，他们仍然可以看到她。她转过身，低头看着她服务台里的打印台。

仍然站在沃伦身后的阿罗玛伸出手来，慢慢地使沃伦依然纹丝未动的手从皮夹子上放了下来。她拍了一下他的臀部说：“我们走吧。”他好像清醒了过来，把钱放到了柜台上，他们穿过自动门离开了。晌午的烈日仿佛也被这扭曲和令人消极的一天激怒了。在卡车里，她大叹了口气，然后小心地看着他说：“那里的食物还不错，啊？”

在沃伦反转点火装置向后倒车时，他只盯着手中的方向盘，接着他转身向肩膀后面看了一次。当他伸出空着的那只手去拿口袋里的香烟时，阿罗玛从他的手指里把香烟抓了过去。

“嘿！”他边说边去抓香烟。

“放手，我给你点一支烟。”她边说边用他的打火机打火。她的手指反复不停地生硬地转动着打火机的轮子，但没有点着。她扳动着这个打火机直到沃伦伸过手来，弹开打火机的锁轮扣子，点燃了香烟。“好像是我在帮你点烟吧。”沃伦说道。她笑了起来，等待着他一起笑，却没有等到。她像个业余的香烟爱好者似的深吸了一口烟，接着把点着的香烟递给了沃伦。

“我们应该再多到这里来。”她说道，“这里有很多东西值得一看。”

“比如什么？”他说。

她像军人似的转向她的右边搜寻着。

“饲料店。”她回答道，但是他并没有笑。

“我们会回来的。”她边说着边沉默了下来。

沃伦迅速离开，来到了主街道闷热的长长的行车队伍中。热风像浪一样卷来，将她的头发紧贴在她的脸上。她没有束发带，她尝试过一次将她的头发聚集到她的颈背上，但她放弃了。她闭着眼睛靠回座位，身体随着遭受过无数次颠簸的旧卡车发出的吭哧吭哧的声音微微地撞击着。

“你小心点开车，”她说道，“我讨厌你开快车。”她偷偷地瞥了他一眼，他轻轻地弹了弹香烟，风便将灰烬掳走了。为了躲避风和烈日，他的眼睛半睁半闭着，风景在他面前黯淡失色。

她往后靠了靠，再次闭上了眼睛。她看到了那个漂亮女孩厚厚的突着的嘴唇，看到了她与沃伦毫无意义的关系，看到了沃伦的面部表情突然变得僵硬起来。但是现在她也看到了自己携带的那副面孔。沃伦的脸时不时在她那里出现。他嘴巴两边饱经风霜的细纹，蓝色的眼睛，红黑的眉毛。只有这次在她勾勒沃伦的形象时，有些关于他的记忆才变得清晰起来。她看见他在夏天一个非常炎热的傍晚光着上半身开车，他的那点小肚皮挂在他蓝色牛仔裤的扣子边上。他无精打采地坐在座位上，一支卷烟慢慢地在他左手的两根手指之间滚动。她正在对他说着什么，他一边听一边望着远处。她再也听不到自己的话了，她觉得非常有意思的一个事实就是，你最不需要的就是自己所说的话。但是她的确记得沃伦低垂的脊柱和褶皱的肩膀，他右前臂的重量很轻松地悬挂在方向盘上。他一直不停地看着她，不看路时就偷偷看她。她指着窗外的某样东西，当她的胳膊伸到他身体的另一边，但实际上却还是对着他的时候，他大笑了起来。没有从他的无精打采中振作起来，他把头向后抬了大约一英寸左右，笑了起来。这样她就可以看见他的牙齿了，他的牙齿不整齐，却完美地镶嵌在他的头上。她看到了他喉结上多节的喉结线，他的手停止了在香烟上移动，他一动不动，直到停止了大笑。他把注意力转回到路上，但最后一点微笑还留在他的脸上。

当他们从汉斯维尔回到房子里的时候，沃伦在房子边闲逛了一会儿。这样她可以在他去地里之前从驾驶室里爬出来了。她把手放在门栓上时犹豫了一会儿，她想起了他那面色沉重的脸，接着又想起那栋被云层染成灰色的房子同样低沉的墙壁。但她选择了这栋房子，它就是她的责任。她从驾驶室里爬了出来，走进这栋房子，用自己的嘴巴偷偷地地咀嚼着那份痛楚。

她在房子里漫无目的地四处闲逛，先到了前门，那里的土地在高大的被风刮弯的草地上错落有致地排列着。但是她面前的世界却是如此空旷，她的眼睛都找不到一个可以停留的地方，她走到了后门的屋檐下。她看着沃伦的卡车消失在驶向池塘方向的小山丘的周围，听见了他转弯时轮轴叮当的响声，接着就什么也听不见了。

客厅里的闹钟艰难地演奏着它的小旋律，用铃声报时。声音中夹杂的某些东西突然打断了静立着不动的阿罗玛的思绪，她没有再多想，走出后门来到了院子里，离开了房子。在距离她右边很远的地方长着柳树，夹杂在她和上坡之间，上坡上长着最先种植的一排排枯瘦的烟草。夏日的空气里透着某种令人满意的味道。她环顾四周看了看自己的新生活。沃伦从来没有要求她做过一件事。他照料田地，经营着所有的动物和谷仓，他拒绝向她求助让她感到懊恼。他甚至在早上把鸡蛋都捡好了，这是一件最简单的事，她可以做的事。阿罗玛被一种突发的欲望唤醒了，她想走到那儿去找鸡蛋，去看看那些还没有闲逛到田野中去的奶牛。或许她可以在它们的皮毛上滚动滚动她的手掌，那些皮毛就像一块羊毛地毯一样密实，或者她可以在它们身上比较宽阔的地方拍拍它们，在那里，它们的毛发从它们宽阔坚固的眼睛中间向不同的方向缠绕着。她转身朝下面的谷仓走去，走得很快。她的脚步轻盈，一种新的毫无目标的希望向上推动着她的脚掌。走了没超过二十步的时候，她看见那只公鸡站在她的面前，翅膀使劲地从它的身体上伸出来。它站在几米远的地方，用可恶的眼珠子瞪着她。

“天哪！”她大声地说道，突然停了下来。这只公鸡在一个星期之前就追过沃伦，在沃伦将它踢开并用他手里的铲子向它挥动前，这只公鸡已经撕破了沃伦的右腿肚子。公鸡还几次恶意地从地面飞起，但最后还是放过了沃伦，它痉挛性地抖动着，鸡冠颤动着就像一面军旗。沃伦一瘸一拐地进入房子，骨刺深扎在他的小腿上，他发誓只要一逮到机会就一定要把它的头给剁下来。“那我们怎么孵小鸡呢？”阿罗玛问道。“带一个更招人喜欢的傻瓜来。”沃伦说。

但是现在它就站在这里，站在她的面前，它的头依然跟它的身体非常接近。阿罗玛转过身就跑，脑子里除了跑之外什么想法也没有。在她身后，公鸡沙沙作响的翅膀发出了向前冲的声音，就像一个女人穿着一件老式的带裙衬和裙摆的连衣裙在追赶一样。当阿罗玛几乎快要走到台阶的时候，她冒着风险向后面看了一眼。她看到它已经走得很近了，张开翅膀，露出爪子，高扬起头，鸡冠像一条红丝带一样摇摆到了一边。她用右腿向后侧身，在它正要站起来时从它的一只翅膀下面抓住了它。她用脚踢的力量将它打伤，它的身子侧到了一边。但是后来她做了一件很傻的事，她费力地想越过两级台阶直接跳到第三级台阶上去。但是它太高了，她的脚碰到了那个已经剥落的台阶的边缘，摔倒了。她的身体靠着一条腿的力量从三级台阶的高度滑了下来，从脚踝到大腿的皮都被擦破了。她没有时间哭泣，喷出来的鲜血撒在她的小腿上，在小腿下面突然汇成了一条直线，她再次跳上了台阶，把自己关进了房子。她猛地关上门，一秒钟后她感觉到公鸡轻轻地敲打木头的声音。

两个小时以后沃伦回来时，她还在哭泣。她穿着内裤坐在厨房里，她的大腿到脚踝骨上全是深深的刮痕，上面还点缀着已经干了的血迹。他看了看她受伤的脸。

“你怎么了？”他从来没有见她哭过。

“你那该死的公鸡追我。”她大哭着说。

“噢，”他说道，“它会这么做的。”但是当他的嘴巴噘起来想表示同情时，忽然很快在某个地方停了下来。她怒目而视，她没有心情——她整天都没有心情，除了她自己的决定之外她没有心情做任何其他的决定。

“这不好笑。”

“是的，不好笑。”他说着，声音变得平和了起来，“你说得对。”

“那你不准笑我。”她的声音里充满了威胁。

“不笑。”他摇摇头。

“那你为什么笑？”

“我的天！冷静点，阿罗玛。”

“狗屎！”她身体向前倾了一下，盯着他，好让他看见她所有的白眼，“就因为你让我冷静，我偏不冷静。狗屎！我每天待在这里做的都是你想做的事，我要求你做的所有的事就是杀死一只该死的公鸡。你为什么不能为我也做一件事呢，沃伦？”

他看起来就要说些什么了，但是后来看了她一眼，把话收了回去。他把手放在他的臀部上。“我不知道，我只是还没考虑过要做这件事。”

“但这是我提过的所有的要求！”

“好吧，它也攻击过我，”他漫不经心地说道，“好多次。上帝呀，你想要怎样?”

她想说的话急切地涌出，“我不想被禽类杀死！我想有人告诉我如何做饭！我想要再弹钢琴！我想要一架能演奏的钢琴，一架没有毁坏的钢琴。”这些话说出来的速度比她本来预想的还要快，声音还要大，她看上去比沃伦还要惊讶。

“嗯，做个决定吧”，他提高了嗓音，“你是想要一架新钢琴，还是想要我杀死那只该死的公鸡?我不能把你怎么样。”沃伦动了一下，用一只手掠过他的头发，但后来在这个动作进行到一半时他就不想弄了，他的手像水龙头似的停在他的头上。

阿罗玛再次坐直，嗓音时起时伏。“我现在就想要一架钢琴，我现在就想让你杀死那只公鸡！如果你爱我，你就可以做这样简单的一件事情!”她的声音正在失去控制，他听到了。

“泼妇。”他说，仿佛这就是一个完整的句子，而不仅仅是只有一个词的警告，“我会在我有空的时候杀死那只该死的公鸡。”

阿罗玛让自己看起来比她实际上更受伤的样子，并决定是时候退出了。她怒气冲冲地从椅子上突然站了起来，生气地朝门那边走去。只是她忘记了短裤还缠在她的脚踝上，所以她被绊倒了，沃伦不得不伸出手来将她稳住。她不耐烦地推开他，有那么一瞬间，她有了一种想伸手去打他的更野蛮的冲动，她想打他的脸和胸部，因为是他把她带到了这里，这个大山边缘让人痛苦的地方。这是在这个世上她想抛之脑后的地方，在这里什么都行不通，做过的每一件事都是对肉体到骨头的浪费。她想用拳头说出所有的这一切，但是她把头扭来扭去，只是用手使劲地打他的胳膊，并没有对他造成任何真正的伤害。沃伦举起手向后退，她换成更加愤怒地用脚踢她那些短裤，直到它们像鸟儿飞到树下一样落到了桌子下面。她穿着内裤从房间里冲了出来，屁股在她后面摇晃着。

那天晚上，当沃伦慢慢来到床上的时候，她料想他会像刚从大火中出来似的对待她，滚烫得让人无法触及。一开始，他就是这么做的。他一言不发，轻轻地咳嗽着，好像对着他自己咳嗽一样。她听见他搔着他下巴和脸颊间的胡子茬。

接着，当她刚要开始放松的时候，他用自己的双臂环绕住她，并开始用力地将她从床上翻转了过来。她也毫不示弱，紧紧地抓住床单，直到床垫角落发出咔嚓声，床垫带弹簧的一边被抬了起来。她发现自己被翻转了过来，脸正对着他，手里还抓着床单。她用另一只手的手掌根部抵住他的前额，用力地将他的头推了回去，为了保护他的脸，他不得不松开她的一只手。但是接着，她没有滚到床上她睡的那边——在那一边，她可以让他看到她的肩膀有多冷。她敲了一下他胳膊上的肉，接着从他身子的空处钻上去，用嘴去吻他的脖子。有好一阵子，他一动不动地任凭她在那里折腾自己的身体。但是他上床前是带着怒气的，最后，他们以一种不那么友爱而是发狂的方式在床上纠缠着。有时候，在这一切进行到中途的时候，她开始意识到他们之间已经出现的那种细微的差别，但是让她感到痛苦的是，这对于缓解她的欲望并没有起到任何作用。她并不想这样，但是她真的喜欢。这对他们而言意味着什么，她一无所知。当她抱住他的时候，他们也没有看上去更加亲密。她意识到，因为这种密切的检视带来了一些不好的影响，但是在这种略带苦涩的快乐之中，她发现接受这种神秘的感觉很容易。

后来，沃伦说："我一直在想。妈妈去的教堂在汉森维尔，也许你可以去那儿。"

她等着他继续说下去，但是他没有再说话。她叹了口气说："去那儿干吗？"

"去看看你是否可以去他们那里弹钢琴，在白天或其他什么时候。

我也不知道，或许他们需要一个钢琴演奏者呢。”

她没有回话。他知道她还在生气。她将自己的脾气咽了下去，准备放着以后再发。接着她背朝着沃伦睡着了，一只冰冷的手夹在她那疲惫的双腿中间。

第二天下午晚些时候，随着太阳开始向西进军，热空气也开始向西面散去，沃伦带着泥土走进了厨房，身上散发着老的风干烟草的味道。他关门时将身体向后靠在门上，双臂交叉在胸前，只是安静而警惕地等待着的样子，都展现出他的洋洋得意。

阿罗玛站在煤气灶前，灶上煮着一锅黄豆鸡汤。她疑心重重地扭头看了沃伦一眼，看见他咧着嘴笑的暗示，他意味深长地用一只手拍了拍他胸口的口袋，就像口袋里装着什么东西一样。接着她移开了视线。我跟你沃伦·芬顿一样吝啬小气，她心里想着。

“可恶的女人，快问问题。”他说。

“问什么？”她说道，眼睛没有再向上看。

“问我的口袋里有什么？”

她叹了口气，问道：“沃伦，你的口袋里有什么？”

“过来，闭上你的眼睛，把你的手给我。”

“去你的。”阿罗玛说道。

“现在就过来。”他说道，是他的声音——那最藏不住的幽默感现在又变直的声音，她从煤气灶的位置上转过身来径直地走向他，她把手伸了出来。

“闭上你的眼睛。”他说，她闭上了眼睛。他放在她手上的东西又尖又凉，是空心的。她睁开眼睛向下看，看了很长时间也没弄明白看到的是什么。接着她抓住它们，扔到了地板上，这些东西像珍珠，周围夹杂着软骨，散落在脏兮兮的亚麻地毡上。

“你这是干吗？”沃伦说。

“你把这些带给我干吗？”她哭了，她的手依然在她面前张开着。

他的脸充满着疑惑与愤怒：“我以为你想要把它们留作纪念品。”

“什么纪念品？一只死公鸡的纪念品吗？”

他张了张嘴，又闭上了嘴巴。

“沃伦，我的天！”她说道，带着满腔的愤怒，似乎是要解释什么事情，“我的天，沃伦，我是个女孩。”她脱口而出这几句话，愤怒得唾沫横飞。沃伦紧锁眉头，他朝地面看了一会儿，似乎要弯腰去捡起骨刺，但是他站在那里没有动。她知道自己本该停止了，但她继续说道：“我的上帝，下次做事前请先想想。”她吃力地发出一声叹息，不知道他为何能与她在一起生活、能听她说的这些话、每天晚上跟她躺在一起，却认为她会将他从公鸡的脚上扯下来的骨刺留作纪念。这不合理，她不明白为什么他没有明白这些，她永远都不知道，她永远都不会了解他。

沃伦平视着她，她感到自己好像吞了一整块冰。突然，她想用铲子将地板上的骨刺都铲走，一切重新开始，她甚至开始弯下腰了。她真诚地希望可以倒回到刚才的某一刻，但是沃伦没有给她机会。他突然向后转，猛地拉开厨房的门，说道：“去你的！”接着以一种正在变得熟悉的方式消失在了黑暗里。

她表现得好像她没有再想过他建议的有关教堂的事，但是这件事却一直萦绕在她的脑海里，不时在脑海里嗡嗡作响。她从十四岁起就在学校教堂担任伴奏员，每个星期天早上她负责所有的圣歌，在牧师不紧不慢的说教中，她都无聊到快睡着了，这位牧师带领学生远离他们山丘教堂的喧嚣。她对自己在学校时挣的那点小钱感到很自豪。她把它们存了起来，虽然这些钱让她毕业后也不够上大学，却足以让她买一辆后车窗镶嵌着蜘蛛网、后挡板不会扣不上的红色卡车。在发现自己将会去农场后的第二天她就买了这辆车。现在，她越来越厌倦了大房子的外壳，越来越厌倦从她的手上总是可以嗅到的晚餐里的洋葱味，以及因为清理和擦亮家里的家具而染上的带松香的杏仁味。她开始考虑沃伦的建议，如果她可以在每个周日演奏的话，就在一周内有机会碰碰钢琴，也会成为有一次离开家的那个人。至少她可以开车去问问。

她看到山上出现了很多教堂，它们通常都坐落在山坡上，这些山坡的墓地顺着长满葛藤的山丘慢慢往下延伸。或者坐落在山间的裂缝中，偶尔会被雨水冲刷，有些时候会有淤泥浆。一些更好的教堂是用红砖砌成的，但另一些教堂很少有尖塔形的，它们的防护墙边上涂着厚厚的黏稠状的白漆，院子都由会众负责打理，这样没有一个进来的人会认为他们不够热爱上帝而没有维护他的创作。她最喜欢的教堂——从她小时候起就从未进去过的教堂——是一个圣洁的小教堂，不比流动住宅大，也不是尖塔形，很陈旧，一个未受过训练的手绘标志展示着牧师。但是她在汉斯维尔发现的跨越州界线并朝北的教堂并不是其中之一。这是一个更大但是很常见的教堂——简单，朴素，白色。她把卡车停下来后来到教堂前面，眼睛盯着双面钉着板条的建筑物。只有一辆车停在那里，一辆很旧却仍然闪亮的车，长长的汽车尾部凸起的装饰物在刹车灯上高高地闪烁着。她绕着它走的时候，仔细看了看这辆车。教堂的前门是锁着的，她看了看手表，现在才十点，想着先回家再找个时间来，但这样会让沃伦因为她浪费了汽油而感到心疼。她在教堂四周走了走，透过八格玻璃窗往教堂里面看，玻璃窗上没有一个污点。在这样一条廉价的乡村小道上，这个教堂又干净又整洁。她试了试教堂的后门，门被打开了。她发现自己来到了教堂的厨房，一位男士和一个比他老很多的女士在一个高高的切肉台边说着话。当她打开门时，光线充满了整个房间，他们都惊讶地抬起头来。那个女人举起一只手放在她那布满皱纹的脸上，眯起眼睛。那位男士说：“小姐，需要帮助吗？”他的眼睛黑黑的，很坦率，没有显得不愉快。

“哦，”阿罗玛说道，“我找牧师。”

“我就是。”那位男士说，他的声音比她预想的要深沉得多，听起来就像是从他的肚子里发出来的。他说道：“我叫贝尔·约翰逊。”好像她会将这作为某种证明一样，他满怀期待地看着她。

“哦。”她说。那个老女人将手放低了一些，阿罗玛可以看到她的脸上充满了猜疑。

“嗯，我想知道您是否需要一位钢琴演奏者，为周日的礼拜服务？”

“不需要。”那位女士说。

“我真的很抱歉，”牧师说，“你来过这儿吗？我似乎不认识你。”

“您不认识我。”阿罗玛说道，一边退到了半步之外黑暗的光线里。她定格在那里，形成了一个影子。

“你要到镇上所有的教堂去找一份工作吗？”那位女士话说到一半转过身去面对着贝尔·约翰逊，仿佛她是在问他而不是阿罗玛一样。

“没关系的，妈妈。”他边说边将他的手放在她的前臂上。

“很抱歉，”他对阿罗玛说，“我们有一个钢琴演奏者，一个很好的钢琴演奏者，我估计她会在这里再干一阵子。”

“我估计，”他的母亲说道，她像海龟似的将眼睑关上，“只会更快。”

“我真的弹得很好。”阿罗玛说道，微笑地冲着贝尔·约翰逊，而不是他的母亲。

“我估计。”他的母亲又说了一次。

“好的，”阿罗玛说，“谢谢您。”她转身准备离开，但是牧师却拦住她说：“你做出了所有的努力来到了这里，我不介意记下你的电话号码和名字，如果我们有任何需要的话，我们会打电话给你的。”

“嗯，好的。”阿罗玛说着，边等着贝尔·约翰逊从他扣好的衬衣上口袋里找出来一张纸。“你有笔吗？”他问道。

“没有。”

“你在这里等一会儿不要走开，我马上去拿支笔来。我会马上回来的。”他说完离开了这个房间。阿罗玛看着那位老太太，有一瞬间她似乎正要微笑，但她只是抽搐了一下，没有任何别的意思。当牧师回到房间时，他递给她一支钢笔，她写上：阿罗玛，钢琴演奏者，非常棒。接着又写上了她的电话号码。

“嗯，谢谢你。”她边说边把纸递给了他。他小心翼翼地把它折了起来放回到他的口袋里。她没转身，朝着门走了几步，挥了挥手，这个动作对于这么短的距离而言简直是一种浪费。这让他笑了。

“再会。”他说。

“到时候见。”阿罗玛说道。

“我估计。”那位老太太说。

阿罗玛开车回到农场的那栋大房子前，她把车停好，去找沃伦。她没有进屋就在房子后面周围找。在长得很慢却绿茵茵的烟草地中间，她看见了沃伦跪在地上。她朝山下走去，她身体的重心前移，以至于快到山底时，她几乎慢跑了起来。在这块小田野的脚下，她又毫无必要地盯着这些烟草看了一次，这些烟草凑近看时变得更糟糕了，完全不是从厨房里看到的那一片绿海。在她旁边，烟草已经长到她的臀部一般高了，她可以看到烟草虚弱的叶尖，植物因缺水而显出微微发黑的颜色。她费力地走在一排烟草中间，不得不用双手推开它们。

“小心点!”当沃伦看到她正在用手掌将烟草推向她的两边时说道。她可以从沃伦对她说话的语气中判断出，他还没有原谅她那天晚上做的事。

“我很小心。”她说，“这些烟草不是应该长得更高一些吗?”

“对的，”他边说边用一只汗湿的手擦他汗湿的脸，泥巴像手指印似的涂在了他的脸上，“但是它们已经开出几朵花了。”她看到烟草上零星地长着第一波含苞欲放的烟草花，白白的，点缀在烟草绿色的挺拔的“衣袖”里。

“上次下雨是什么时候啊?”她问道，努力地想得到他的原谅。

“前不久，”他说，“但是天太热了，我不想让这些烟草的根部太快被烧干。”他伸出一只手重重地拍打着一些低矮的烟草叶子。阿罗玛看到了长在侧面的厚厚的烟叶茸毛，当他用手指尖轻轻地触碰它们时，它们晃动了起来。它们让她想起来一样活着的东西——动物的皮。

“你担心吗?”她说。

“不担心，”他撒谎了，“但我想听一些好消息。”

“我有好消息，”她说道，在他跪下时站到了他身边，“嗯，也不是什么真的好消息。”

他抬头看着她，靠着他的臀部，把手放在泥土上，以保持平衡。太阳在她身后，他眯着眼睛看不见她，他的双眼在他黝黑的脸上发出了不自然的亮光，视线变得模糊不清。

“我去了那个教堂……”

“什么，妈妈的那个教堂吗?”

“问了问他们是否需要人弹钢琴。”

“这是好消息。”他说。

“但是他们不需要任何人。”

“嗯。”他边说边在他那发白的破烂的卡哈特夹克衫上擦了擦手，“你永远都不会知道，他们也有可能会需要人的。”

“至少我努力过了，”她说，“我早晚也许可以赚点钱。”

“你最好可以挣很多钱。”他说道，做了个鬼脸，然后他站起来，看着他面前那株已经长得超过了他腰身的植物。

“我在想……”阿罗玛说道，似乎还在寻找合适的措辞。

他看着她。

“也许我们可以离开这里去做点什么……”她想到了汉斯维尔和穿过教堂的路，那条通向北边并不停向前延伸的路。

“时机不对。”他毫不犹豫地说。

“时机不对……”她重复着说道。

“这个不好的时机会持续很久。”他又说了一次，边说边将手伸到了他面前的植物上，摘取了位于他大拇指和食指中间的花蕾。

“嘿！”她抗议道。

“必须这样做。”他说道，“你把漂亮的部分摘掉了可以让它长得更强壮。”花落到了地上，它从外壳里窥视着它的嘴唇，它光滑幼小的身躯躺在泥土上。沃伦用他靴子的尖部将它推到了植物的阴影下。

阿罗玛离开在烟草地里的沃伦，回到了位于小山上面的房子里。她没有愚蠢到会指望再从牧师那里得到任何消息。她不可能通过从街上走进教堂就可以得到一份教堂的工作，这一点她再清楚不过了，但是她想不出其他的选择。她忘了提及她与爱玛的关系，这是她唯一可以真正跟教堂扯上一点联系的地方。不过没关系。她已经努力过了，尽管她没能把手放在一架真正的钢琴上，但她的努力让她感觉好多了。知道她和另一个可能刚刚调过音的人在同一栋楼里，这已经很好了。这一点让她感到高兴，所以当她从田野里走出来的时候，她忘记了对这栋干净但已经没落了的房子的失望，径直走到了餐厅的桌子旁边，清理了餐桌远处那头沃伦的文件，将它们堆放在了椅子上。她从楼上拿出来她那一大盒子的乐谱——这个盒子像嫁妆箱似的放在床边，她把乐谱散放在餐桌上，舒伯特、贝多芬、艾夫斯、舒曼、格里格，这些名字在她的脑海里像击弦乐器一样嗡嗡作响。她将乐谱随机地快速翻转，按压它们并放平，所以桌子上堆满了毫无关联的好几首曲子的乐章。她把手放在纸上，将脸转向了天花板，闭上了眼睛。这是一件很容易做的事情，将乐谱记到脑海里，再将乐谱的搭配展现在她的手指上。她打开了更多的乐谱，将它们堆积在已经散开的乐谱顶部。在她停下之前，它们已经堆得好几英寸那么高了。谱子的间隙里密密麻麻地写满了令人眩晕的注释文字，抢占着狭小的空间。她的手指晃动起来，她的双手充满了对演奏乐曲的渴望。

接着她在房子里动了起来，而且是演奏的动作。她将地毯拖到后面的草坪上，晾衣绳穿在那儿的柳树附近，她立马用扫帚拍打着它们，先用 3/4 拍，然后是 4/4 拍，这种方式让她感到很有意思，她在这两个拍子之间切换然后又跳到了 5/4 拍。她感觉到自己的能力带给她的那种被遗忘的乐趣。这是她长期以来没有再感觉到的东西，这栋房子只是吝啬地给予她一些勉强的快乐。后来，当她晾衣服时，她发现这些别针就像是四分音符的尾巴一样靠在白纸般的被单上。她的手指沿着潮湿的棉布拖曳时，她再次想起了所有正在等待着她演奏的音乐。她站在那里，清晨的阳光在白色的被单上投下她的剪影。就在这时，电话响了。她不想去接电话，不是因为餐厅很远，而是因为她正在想着她的音乐，她不想动，音乐的声音是如此悦耳。但后来她缓过神来，奔向了电话。她拿起听筒说：“您好！”一个深沉的声音传了过来：“您好！”音质忧郁而温暖，她听不出来是谁的声音。

“你是谁？”她问道。

“我是贝尔·约翰逊，”电话那头的声音说道，在她没有做出任何反应时，他又说，“我是瀑布溪那儿的牧师。你来过我们的教堂询问有关工作的事。”

“哦，”她回答道，接着又大声地再说了一遍，“哦！”

“嗯，”他说道，“也许现在正是时候，因为上周我们的那位钢琴师过世了。”

“哦不！”她说道，“那太糟糕了！”

“嗯，是的，她八十四岁，祝福她。她为我们演奏了很长时间，我估计比任何人能想到的时间都要长。她现在和我的爸爸永远在一起了，至少从我小时候开始，所以时间真的很长。所以……”

“我明白了。”她说。

“我想我们现在寻找人手了。她在这里教过一些女孩子，但是她们都还很小，我们也想找能在这里干一阵的人。利亚并不是没有薪水，但是那……我想说的是我们会支付报酬。虽然她从来没有拿过薪水，但是我们可以抽出一些薪水来，这是我们该做的事。我们付的钱不多，但我们还有一些额外的补助，没有人会饿死在这里。”

“哦，我没有那么担心薪水。我只想演奏钢琴，真的。”她说道，但是当她转身看到窗外农场的南端，朝沃伦的地里望去时，她又说，“但有一点薪水也不错。”

“那么，好吧，你看你什么时候可以来我们这里，也许可以为我或者在这里的其他任何人演奏一下？只是一些教堂的歌曲，演奏给我们看看。”

“像面试一样？”她说。

“嗯，像面试一样，的确如此。”

“当然可以，”她说，“我今天就可以过去。”

“哦，好的。你真是太好了。”

“没问题。”她微笑着走进房间，从窗户里射进来的阳光照在了她的脸上。

“谢谢你，比尔！”她说。

“是贝尔。”

“贝尔·约翰逊先生，谢谢你。”

“嗯，好的。你过来，我们准备一会儿，你就可以演奏了。”

“我马上到那儿。”她说。

“好。”他回答道。

他是一个身材臃肿的男人。她不记得这个了，又或许当她第一次在那个拥挤黑暗的教堂厨房间里碰见他的时候，她对此并没有太大的感觉。当她将车倒进那个铺满砾石的小停车场时，他已经坐在前面的台阶上等她了。他的胳膊放在膝盖上，手成杯状握着钥匙，捕捉着太阳。在他站起来的时候，她才发现他比她高了足足一英尺。他用高大的男人调整过的那种弯腰的姿势倾斜了一下臀部。

“很快呀。”他说。他越过他们之间的砾石，但是没有做出要跟她握手的姿势，只是将钥匙装进了口袋，把手留在了口袋里。她看到了他温暖而简略的微笑，他正式地点头问好，在他点头时，她看见了他黑色的鬈发，和鬈发下面白色的秃顶，就像从刷子的缝隙中窥视到了雪白的地面。

“您好！我是阿罗玛。”她说道，“很高兴再见到您。”他的嘴轻微弯曲，她的这句问候扰乱了他的缄默，他似乎不知道该看哪儿了。接着他从自己肩后看了出去，一看便好奇地看了整整一圈，“我在这里寻找能听你演奏的人，几个刚刚还在这里的男孩不得不上洛基去，他们把我的母亲也带去了。她有东西要上那儿去买，所以她也去了。我想只有我们两个人了。我不是专家，但是我有耳朵，只要曲子弹得正确，我还是能听出这是一首圣歌。”

“好的。”她点了点头，将钱包拿到胸前，继续站着，背对着驾驶员的车门。

“这是你的卡车吗？”他问道。

“是的。”她说。她低头看了看卡车，看到了它有多脏，上面溅满了农场的尘土和尘土形成的条纹。她从来没有想过要去洗它，她希望这不会影响她被雇用的可能性。

“我以前也有一辆这样的车。”他一边说一边微笑着，不是对她而是对卡车微笑，“我从住在格伦利的一个表兄弟那里买的那辆卡车，花了几乎我所有的东西来修理它，在它上路后的第一个星期我就将它毁了。”他将双臂交叉在胸前，他的胳膊位于他们之间，他的肩膀略微下沉。“你知道你开车经过塔森附近时的那个弯道吧，它是这样的……”他用一只手做出了蛇的形状，手在他面前突然弯了下来，他的眼睛碰到了她的眼睛，“这儿一边是藤丛，一边是他们的房子，我的车在那儿绕了个圈，缠在了一棵树上。我不差分毫地将它毁了。”他叹了口气，“爸爸说这是件好事，拥有那辆卡车纯粹是虚荣心在作怪，就是虚荣心。”他大笑了起来，“就是虚荣心。”他叹了口气看着她，接着收拢了嘴唇。她什么也没说，只是看着他笑了起来。他的眼睛非常黑，没有停留，他说：“你住在这附近吗？”

她点点头，没有说话，只是咳嗽了一下。

他也点了点头，似乎马上就要再多说一点什么了，但是他改变了主意，说道：“进来弹一下？”

他们从前门走了进去。教堂的外面是白色的，里面也是白色的，没有花窗玻璃，所以下午的阳光尽情地投射在窗户上，不带任何颜色。教堂里的座位是用老橡树做的，脏脏的金色，座位上的清漆在日光的照耀下剥落得满是皮屑。大多数的座位上放着薄薄的红色垫子，但有些没有。往前走，读经台坐落在三级台阶上的一个楼梯平台上，不在平台的中央，读经台的脚下是一根普通的柱子，柱子位于会众的右侧，是歪的，所以钢琴师既可以看到牧师也可以看见教堂。阿罗玛跟着贝尔踩着一条狭长的破烂不堪的红地毯来到了位于教堂中央的一个过道里。他们走过时，地毯中间的木炭色变得更暗了。好像看出了她的想法，贝尔说："我们打算尽快换掉这块地毯，但是你知道它现在是什么样子的。""是的。"她说，好像她的确知道一样。斜着穿过第一个座位，他抽出了一本圣歌集，里面的纸张因多年的使用变得皱巴巴的，打开它时，几页纸弹了出来。阿罗玛走到钢琴边上坐了下来。她按下了一个键，它发出了它应该有的回应声。音调很平稳，没有摇摆或弯曲，直到它慢慢变细，全部一起消失。她高兴地吸了一口气，她可以闻出来这架钢琴很好用，它散发着像上过蜡的木头般的香气。

贝尔把圣歌集放到她面前的滚动架上。"如果你不介意的话，就为我演奏这首圣歌怎么样？"他说道。

她已经一个多月没有弹过钢琴了，但是她没有犹豫，除了急切地渴望弹钢琴，她其他的什么感觉都没有。她看了一眼打印出来的曲子说："哦，天啊，我可以闭着眼睛演奏这首曲子。"她合上了圣歌集。但接着，她又偷偷地看了一眼他，因为她知道尽管她说的这些都是事实，但这在他人听来是多么自信，甚至有些自吹自擂的感觉。她尽自己所能，尽可能简单直接地演奏着《古老的十字架》，在曲子快结束时，她模仿教堂里常演奏的那样，让曲子慢了下来，加了一些不和谐的悬留音作为补充。在她演奏完最后的一个和弦音时，她努力让自己看上去对自己没有那么满意。

"嗯，哇！"他说，"你演奏的时候就像是自己也在倾听一样。"

她抬头朝他微笑了一下："您是只需要周日来演奏，还是周三也需要呢？"

“嗯，我相信周三我们也需要。”他说道，“有时候，这里的一些男孩子只选择星期三来，当然没有小提琴，我们还没到那个水平……”他笑出声来，“但是我们可能会用到你，如果你能免费来演奏的话。”

“我可以免费演奏。”

“嗯，那好，那好。你没有在其他地方高就吧？”他说道，他的眼睛向上转到了她身后的窗户。窗户照亮了她，光线将她棕色头发的边缘变成了金色。

“没有！”她说。

“好的，”他说道，“嗯，哇，真是太好了。”他朝教堂四周看了看，他的眼睛向他们进来时打开的前门那边看了出去，七月的高温渗透到了凉爽的教堂里。阿罗玛看到了他前额上的细汗珠。当他把他那双大手放到他的臀部时，她看到了他的衬衫上留下的一圈圈汗水的痕迹。

在他凝视着空荡荡的座位冥想时，他似乎感觉到自己这样的仓促不是一个好主意。“你不会只背下了这一首曲子，这不会是你会弹的唯一的曲子吧？”他弱弱地对她笑了笑。

她笑出声来，随手翻开了圣歌集的一页，演奏了一首《齐来崇拜歌》的独唱部分。他听的时候也笑了起来，尽管他们在说笑的时候他一直将双臂交叉在胸前，阿罗玛还是很开心。当他说可以每周给她十五美元的时候，她感到更开心了。她觉得沃伦会开心的，她喜欢沃伦开心。

在她站起来准备离开的时候，她的脸因为高兴而变得粉扑扑的，这让她看起来比之前更漂亮了。贝尔将胳膊伸得足够长，直到最后终于可以用他的一只大手抓住她的手。

“嗯，我很高兴能为你提供一份工作。”他说。

“我很开心能够再次弹钢琴，”她说，“已经有那么一段时间没有弹过了。”

“哦，怎么会这样？”

“哦，”她边说边像变戏法似的在空中摇了摇她的手，“就是有一阵了，就这些。我的手都生锈了。”

“嗯，你可以在这里想弹多久就弹多久的。”他说。

“这是我近期拥有的最好的消息了。”她说。

“嗯，好。”

“好。”她说着又大笑了起来。

当她回到家里时，沃伦从谷仓那边走了上来，右手上挂着东西。

“猜猜发生了什么？”她从他后面大声叫道。

“什么？”他也大叫着回应。

“我在教堂找到了一份演奏钢琴的工作。”

“给你钱吗？”他大叫道。

“一周十五美金。”她的声音现在变得有点柔弱了，因为沃伦走近了。他没有回应，只是继续向前走着，这让她告知他这个消息时那份最小的乐趣都荡然无存了。当他爬上斜坡时，她看见他正拿着一只死鸡，头部已经没了，但身体仍然很整齐，带着羽毛。她开始小心翼翼地迈步，以便在草坪上跟上他。

“那只鸡怎么了？”她问道。

“死了。”他说。她瞪着他。

“它不会再下蛋了，”他说，“它不是肉鸡，但我们可以吃它。把它解决了吧。”他边说边把鸡交给了她。他的眼睛里还有敌意，因为死鸡在那儿，因为他还没有忘记另一个晚上，而她也没有忘记——尤其是她想要收回的那些口无遮拦的话——她伸出手来，从鸡那多瘤的腿部抓住它，鸡正好靠在她的臀部上，她的牛仔裤被鸡的溢出物弄湿了。她不知道该怎么处理这只鸡，来自杂货店的鸡是一回事，把死鸡握在光溜溜的手上却完全是另一回事。

“十五美元?”他说道。

“没错。”她说道，笑容绽放在整个脸上。接着，她转过身走回房子里，就像毫不在乎似的左右晃动着鸡。

周日的清晨，她醒了过来，沃伦还在床上，在她的身边。她的眼睛寻觅到了时钟，离她去服务的时间还有两个小时。她静静地躺了几分钟，感受到了阳光不断增强，以及沃伦在她旁边轻松地睡着令她感到陌生的事实。但是当她移动身体准备起床时，沃伦的举动吓到她了，他翻过身来，将他的身体压在了她身上。他的头陷在她的脖子里好像还睡着一样，他的头不时会到她的头上来。她推了一次他的胸部，他没动。

“你想干点什么，还是只想把我困在这里?”她说。

当他们做完爱之后，他转回到他那一边，又去休息了。她看了看他，他躺在那里，一只手放在他的胸前，松开着，他的睫毛耷拉下来。

“我认为你不应该跟我一起去教堂。”她说。

他睁开一只眼睛，看着她：“我看起来像是准备要走吗?”

“嗯，我只是说……”她说道，“你不去更好。”

“为什么?”他迷迷糊糊地说道，现在他的双眼都睁开了。

“别不高兴，”她说道，“只是他们不知道我和一个男人住在一起，如果他们不知道更好。牧师让我去演奏的时候不知道这些，所以你最好……”

“我明白了。”他说。

“我没有生气，”她说，“这跟生气无关。只是，他们不需要知道。”

“嗯，我不去教堂。”

“我知道。”她不以为然地说道。

“我不需要任何人来对着我唠叨。”他边说边闭上眼睛，抬起手来盖住了它们。

“好吧。”她说道，转了转眼睛，坐在了床上。她环顾四周，一只手臂抱着她的胸部，头发卡在了背后。“你让我的头发打结了，”她说，“我讨厌那样。”他没有回话，但是一分钟后，在她走到壁橱里去找裙子时，他说：“我不介意唱歌，但我不能忍受听任何人告诉我我该做什么。呸！当妈妈要我去教堂时，我去过一次，但在那之后我就再也没去过了。没去过，兄弟。”

“他们只是在提建议。”阿罗玛现在手里拿着一条裙子说道。

沃伦把手塞进被子里，看着她。“这是我听你说过的最愚蠢的事情。”他说道。

她没理他。今天是星期天，她穿上胸罩和裙子，在她将胸罩扣在胸部上时，她转身朝向了他。

“你准备赖床吗？”她问道。

“不，”他答道，“我准备去干活了。让那些婊子养的人们去教堂吧，我有一大堆狗屎事情要做。”

在开车去教堂的路上，阿罗玛的胃因演奏前的急躁不安而紧缩着，这种感觉她很长时间都没有过了。她皱着眉头，在换挡时，她的右手让转档的手柄都感到着急。当她终于将车开到了教堂的沙石停车场时，她不得不静坐了一会儿，用呼吸让自己缓了回来。在演奏开始前，她早到三十分钟是很有意义的，但是这个小停车场上总是站满了人，她可以看到贝尔在前面的台阶上正在与两个人交谈着。当她走近他们的时候，她努力让自己不要像个小女孩子，还很年轻的样子。她用一种柔和得几乎无法辨认出来的声音说了句：“早上好！”

“早上好！阿罗玛小姐。”贝尔说道，两位男子转过头来，其中一位看着她，她的脸红了起来，她伸出一只手，挡在自己的眼睛上以避开他们的目光和清晨的阳光。阳光被这个摇晃着的教堂的屋顶切断后才射进来，但依然很强烈。

“我打算稍微早一点过来练习一下，我猜我没有来得太早吧。”

“我认为你完全不需要练习。她很棒。”贝尔说道，“这是阿罗玛小姐，新的钢琴演奏师。”阿罗玛向他们挥挥手，但没有握手，他们也没有主动伸出手来。他们点点头，微笑着，从侧面看着她，什么也没说，直到贝尔说：“哦，我想我应该告诉你我们正在唱什么歌。”

他领着她走上台阶，来到了教堂里。几位女士和一些看上去最老的男人已经坐下了，他们的旁边摆放着《圣经》。

“嗯，通常我会把这个留给你自己决定，”他说，“但是我刚刚准备了，在这周选了它们。之后，我会让你知道我准备讲哪些经文，接着你就可以自己做主了。这就是利亚经常做的事情，进行得非常顺利。”

“好的。”阿罗玛说道，她跟上次一样，紧随着他的步子来到了中间的那个走道上。有几个人转过身来注视着他们。她坐在钢琴长凳的边缘，整理了一下她的裙子，裙子整齐地从长凳的隔板上垂落到了破旧的断了线的地毯上。贝尔用他黑色的双眼看着她手上的动作说：“两百四十页，两百四十一页，还有十四页。我会让你知道什么时候演奏这些的。”接着他对着她微笑了一下，但笑的时间不长。他突然急速转身，这让她感到似乎有点粗鲁，她惊讶地抬起了头。当他走开时，她看着他。他停下来拍拍他母亲的膝盖，他的母亲将《圣经》放在腿上，挺直地坐在前排。接着他走下走道，再次来到门外问候会众。

阿罗玛静静地坐着，一动不动，疑惑着突然感到的孤独感，以及现在小教堂的宁静似乎有点压迫感。她感觉到他们正在看她。她转移了视线，这样她就完全看不见他们了。她默默地将手放在了圣歌的旋律音阶上，她的双手微微地颤抖了起来。

在演奏时间的五点钟到来之前，贝尔来了，走向钢琴边的她。他长得这么高，她不得不把她的脖子向后扬着，才能抬起头来好好地看着他。他说："为何不先演奏一小曲，让他们进入角色呢？"

"哦，好的。"她说道，再次匆匆地开始动起来，她的手在琴键上颤抖了起来。但是，当她进入开始演奏的小节时，她的手指在那一刻找到了她自己的老习惯，她的肌肉记忆将她所有的思想吸引到了这首歌中。她的呼吸慢了下来，她像往常一样再次发现，在琴键上，她对自己有一种令人害怕的自我掌控力——如果在其他地方她都无法掌控自己的话。在牧师的邀请下，她直接演奏了第一首圣歌，会众在她旁边站了起来。接着，她自己用发颤的声音开始歌唱，回应会众们纵情歌唱的声音。不和谐的音调相互摩擦着、磨合着，不完美的声音相互干扰着。感动她的不是完美，而是那种摩擦，那种别人认为很丑陋的摩擦音。她寻求畸形的喜悦。但是这种喧闹的合唱很快就结束了，伴随着结束的还有环绕着她的那些匿名噪声。贝尔将她介绍给好奇的会众，称呼她为"厄尔小姐"。她从演奏钢琴的长凳上半身起立，强装着笑容，脸上一阵发热，接着很快又坐了回去。她没有左右看，而是径直地用一种强烈的目光看着贝尔。在那一刻，她记住了他。

接着，贝尔开始讲授经文。"我们都是孤独的人类。"他一边说着一边低下头，他那鬈曲的黑色头发，看上去就像是一只悲伤的鸟儿将鸟喙藏在胸部一样。他像这样停留了一会儿，深呼吸了一下，接着抬起了头。"有一次我听见有个人说人类是世界上可以被理解的最孤独的动物，在整个动物王国里，没有一种动物像我们一样将悲伤放在我们的心上，我怀疑这是真的。这是我们都厌恶的东西，我们中的每一个人，这个人在所有的人当中，永远都不是一个人独自存在着。甚至当耶稣独自在沙漠里的时候也不是只有他一个人，他身旁还有一个愚蠢的恶魔相伴。”贝尔停顿了一下，吸了口气，手指放在他的眉毛上，没有朝其他地方看，却在他慢慢说这些话时审视着他们。阿罗玛看见他的脸上划过了一阵思索的影子。

“我也是孤独的——没有人从摇篮中长大后可以对此有免疫力——但是从良好的养育过程中我得到了上帝的眷顾。因此我知道，甚至是在我黑暗的时光里，我也可以伸出手来求助。我用我世俗的哭声来呼唤。兄弟姐妹们，我从深处呼唤，自私地呼唤，我把自己交给了你。这就是事实。神的恩典敲打在我身上，就像我的骨头破碎了一般，它将我粉碎，兄弟姐妹们，这很痛。恩典并不总是让人感觉到美好，它切碎了我的心。恩典会到来，但是它来的时候不要指望会有快乐。”他看着他们，“看见了吗？我放弃了，将自己交给了它，尽管我不想这样，没有人想这样，没有人想成为一个奴隶。整个世界正打算告诉我们一件事——在世上大气地活着，占据身体能占据的所有空间，喂养身体，首先要想爱身体。嗯，我通过恩典放弃了身体，我放弃了我自己走向坟墓的欲望，尽管这是一个一直存在的诱惑。主啊，这是一个不断地让人走向悲观绝望的诱惑。你们知道那是怎样的。”他们说了一声“阿门”，他们的确知道。他现在出汗了，在他们面前像是一个熊熊燃烧着的炉灶一样，虽然他的身上没有狂野，只有决心。

“但有趣的是，当我放弃、当我屈服于自己时——这是我最不想做的一件事——我发现我失去了以前一半的孤独，即使在这个世界看来，我跟之前一样孤独。不对，不是一半这样的孤独，因为我发现我的心就像一件穿反了的衬衫，兄弟姐妹们，这就是当上帝改变我的时候我的样子，我内心深处的一切都被暴露了出来，面对着这个世界不是我自己。这是上帝在把我变成我不想要的样子时，做的一件好事。但是我什么也没有做，是上帝做的。我没有说请进，但是上帝说，我来了。我所做的一切只是让他进来。但是我不得不放弃，我不得不把自己交给我不想要的东西，交给另一个人的意志。这是世界的反面，抹去自我。世界希望你们能够占有更多的空间，兄弟姐妹们。但上帝要求我们占有得少一点，这样别人可以占有得更多。”

他继续说道：“你们不知道吗？只要我闭上嘴，只要我让自己的声音全部静止下来，我就可以听见它。我会听到上帝正在打算让我做什么，上帝让我传道，让我给予。我的灵魂变轻了，身体变轻了，我看到我们的梦想来自很多人的关怀。这些是写出来的东西。我自己背上的梦想很沉重。这是上帝说的话，他——听着，上帝说话的时候听起来不像是拉煤的列车从山口咆哮而来，不像是沉重的天气，不像是上帝……”他停下来，看着他们，擦拭了从他眉头的两边滚落下来的汗水，稍稍做了个鬼脸，微笑着接着说，“小小的、静静的声音，像窃窃私语。”他伸出手，两根手指分开了约莫一英寸的距离，耸了耸肩。“这不是我编造的，是写在上面的，”他一边说一边微微地晃动着《圣经》，“伊利亚走到了山上，在岩洞里，他听见了那个细小的安静的声音。那就是上帝的声音。那难道不正是……”接着，他似乎被自己逗笑了，又变得严肃了起来，带着指责和强烈的爱看着他们。“你们认为那个声音说了什么？”他等了一会儿，“顺从。”他自己回答了。

接着一位瘦瘦的女人站到了教堂的中央，她的肉体因其只剩下骨头的手显得更加消瘦，身上的肉紧紧地贴在骨头上。她将那多骨节的手缠绕在她前面的座位上，身子向前倾斜。她的头发像一块灰色的窗帘从她的脸上垂了下来。她有点摇晃，旁边的男士站起来过一次，他拍拍她的背部，将手放到自己干瘪的膝盖上。“顺从于彼此。”贝尔一边说一边看着那个女人，叫到了那个女人的名字，艾伦。她把手举过她的头顶，更多的聚会者站起来了，手放到了他们的胸前或是伸向了空中。阿罗玛发现，她不能转身离开，不能从这些站立者中离去，不能从她还没有整理好的情绪中离去，也不能从贝尔那儿离去。贝尔已经从讲经台上又迈出了几步，现在几乎是站在第一排长凳那里了，他用他那升高的极度甜蜜的嗓音呼唤着他们当中更多人的名字，用名字将他们变成了兄弟姐妹。在他呼唤他们的时候，他将《圣经》高高地举在了他的面前。他的声音里滚动着的旋律呼吁他们自己祷告，甚至在他布道的时候，会众里面也跃起了很多祷告者，这些祷告者的声音和他的声音以一种不断上涌的表达需求融合在一起，直到不清楚谁在传道谁正在聆听，但现在差不多有一半的会众，以一种她无法识别的力量站在那里，尽管这吓到了阿罗玛——他们的应允声、他们的牙牙学语声——她感到了一种不安的快乐。

因为她忍不住，她整个星期都在唱歌。教堂回到家里的第一个星期天起，她的喉咙里就哼着曲子，一整天都哼着这个曲子，直到哼着它躺到了床上，虽然她没有意识到这一点。直到沃伦说他不能入睡，说她像大黄蜂一样在那里嗡嗡作响。但是她又把手放到了钢琴上，她对此很高兴。如果沃伦不能理解她，她也不能强迫他理解。不过到底想要他理解她什么呢？他的性格是如此固执，他每天不能和她在一起的时间越来越长。她安抚自己说没有他咬牙切齿的存在，她也可以过得很好。因为晚上醒着的时候太少，他似乎没有注意到她的变化。她现在越来越感觉到，他的眼睛已经穿过了她。她就像是一只火狐、一个鬼魂一样。甚至是在床上的时候，有时她也感觉到，当他说出她的名字的时候，只是一些奇怪的误称的想象。当他的身体在她的身体里面变得僵硬，他抬起他的身体时，就像一些热浪冲到了顶点并在他身上爆发了，他不得不用他身体上的每一根肌肉纤维去帮助它或者抵抗它——好像两者皆有——她并不总是认为当他呼喊她名字的时候，他真的是在叫她。不过，她仍然紧紧地抓着他，就好像她可以将他从高烧中解救出来一样。但是现在她保留着自己的一部分。

她沿着他的踪迹走到拖拉机旁，把午餐送给沃伦，这样沃伦就不用走回来了。她边走边哼着小曲子，并按照她脚步的节奏控制着她的呼吸。沃伦会接过食物说谢谢，却从不对她重新开始歌唱给予任何评价，他只是快速地吃着饭，接着继续他的一天：施肥、浇水，当他望着天空，从他那台留在拖拉机上的收音机里收听天气状况时，他总是惊恐地用手指触摸着植物。现在他拖着一直处在疲惫边缘的躯体向前移动着。如果他说过些什么话，那就是“最好他妈的下点雨”，或者就像他有一次做过的那样，把脸转向天空，用憎恨和质疑两种表情指责它。

“沃伦。”她带着一脸不满意的表情叫道。她环顾四周，好像真的有人在那里见证着他满脸的怨恨一样。但那里只有他们两个和那辆蓝色的拖拉机、好容易才发芽的植物，还有远处山脉弯曲的山脊，山脊上长满了一片绿色植被。沃伦低头迟钝地看了她一会儿，她坚定地对抗着他那令人难以忍受的凝视的目光，审视着他。沃伦的帽子低垂着，在他的大腿和膝盖上到处是深深的椭圆形的污渍，在他手指间永远夹着一根香烟的白秆。所有这些东西都没有展现出他的内心有任何的变化，当她努力地回想着最后一次见到他笑的时候，她记不起来了，只好放弃。即使记起来也没有任何意义，她只想让之前的那个沃伦回来，但她不再确定即使下了一场雨，那个开心的沃伦就能回来吗？

到周三的时候，在经过前一天晚上一场小小的毛毛雨之后，田野在他们醒来时已经俨然一片白色。阿罗玛首先走下了台阶，她换掉睡衣，看到绿油油的田地顶端长满了一把把不规则的花朵，如同她转身时旋转在她臀部和腿部的白睡衣似的，她惊讶得差点将她的咖啡杯掉到了地上。“沃伦！”她叫道，但是他依然还在楼上没有发出任何声音。她光着脚踩进沃伦的工作靴里，感觉到了靴子里的尘土和沃伦那宽厚的脚在鞋子里被深深挤在一块儿的感觉。有那么一瞬间，她感觉自己好像进入了他的角色，接着她沐浴着临近清晨的凉风跑到了斜坡的一半处。太阳还没有将山脊漂白，空气顶部的光呈白色，很稀薄还未被染上颜色。但即将到来的清晨在黑色的山脊顶上燃起了一条细小的火线。当她看过去的时候，它甚至像一个填满清晨的血的水泡一样膨胀着。山脊的西面是黑色的，因为它的东面收集着上升的太阳光。当她向下跑过柳树时，被遮住的山脊像波浪似的高高地挂在田野上，柳条茫然地在安静的天空中弯着腰向田野鞠躬。她站在那儿歇了口气。白色成束的花朵一夜之间已经从花蕾中挺了出来，在黑暗中突然绽放着早晨的色彩。它们在她面前促成一团白色，亭亭玉立在饱经风霜、伤痕累累的植物上。在她站在那里喘气并惊讶地看着的一会儿工夫，天空已经开始聚合，颜色也变得越来越深。在她踏进第一排烟草地时，天空变亮了。阿罗玛用她张着的手找到了一朵开在分枝上的花，这朵花绽开的方式没有任何条理，它生气勃勃地长在丑陋的、长满黏稠的毛、正在生长着的烟草叶上。当沃伦靴子的鞋底压在她脚上的泥土上时，她臆想着它们变成了粉尘。前一天晚上的每一滴雨水来了又走了，就像露珠一样脆弱，土壤又变干了。阿罗玛接着转过身，她的手仍然高高地举在到她的胸部那么高的、白色的、像舌头般的花瓣上。她回头看见房子的轮廓映衬在夜晚天空逐渐隐去的幽暗中。沃伦站在门口，他的手里拿着她扔掉的咖啡杯。阿罗玛将手从花朵中撤了回来，把它还原到她的身边。她仔细地打量了沃伦的形象很长一段时间，也考虑了很久她要走回山上需要付出的努力。接着，她屈服了，她离开了白色的田野朝着沃伦走去。她走到屋檐下时，第一缕橙色的太阳光燃烧在房檐下。不一会儿，阳光便会烧到她的白色睡衣上了。

当她走到离沃伦足够近，可以听到他的声音时，沃伦说道："修剪枝叶会忙得不可开交，这是我今天的任务。"

"什么？"

"将整个田野的花加以修剪，越快越好。"

"呃……"她一边说着，一边像孩子般站在他的身边转过身，这样他们两个都可以眺望发亮的田野。他们的嘴唇都扭到了他们距离彼此远一点的脸那边。

"就一会儿时间不管它们也不行吗？"她说道。

"不行，除非你想挨饿。"

"嗯，告诉我你什么意思，沃伦。"她叹了口气说。

他惊讶地向她眨了会儿眼，接着清清喉咙，平静地说："大声地说出我们自己的想法，我们就是这样被养大的。妈妈不喜欢养普普通通的孩子。"

阿罗玛没有说任何话回应他，只是转身像盯着灾难似的再次盯着田野看了看。他追随着她凝视的目光。"它很漂亮。"他让步了。

"像圣诞节一样白。"

"当真正的圣诞节到来时我们就这么做吧。"

"从来没有人任何人和我一起做过圣诞节的装扮。"她突然说道。

"呃，我也没人和我在一起。"他说道。当他将说话时的语句重点落在她的身上时，她严厉地看着他。他不禁认识到自己的错误，于是马上说道："喂！我不是这个意思。"但她已经越过他走进房里了，她没有看到他快速转过身来，看着她交错地移动着。她一直背朝着他，将下巴塞进她的脖子里，在一个碗里打着鸡蛋，拒绝回头看田野，以及看他。她不想在一片白色当中看见他。在短短的几分钟之内，煎培根的香气慢慢地将他从台阶上吸引了进来，他就像哨兵一样一直站在那里。他走到她旁边，将黑咖啡倒进他的马克杯。尽管他没有试图说出任何其他的话，他移动的步子却比他的体重应有的步伐轻多了。他随她不理他。接着，他端起一整盘食物，一言不发地走了出去。

一整天他都在田野里工作，阿罗玛从厨房的门看出去，一排排的烟草植物被剪去了白色的壳。她试图说服自己在房子里工作，但她毫无目标，她对自己感到厌烦，她无数次地违背自己的意愿来到了她在后门的位置，在那里她可以密切地注视沃伦的工作。当花瓣散进尘土中时，她的灵魂也逐渐跌落了。她掐着她的指甲，在门口流着汗，沃伦在阳光下从一棵植物向另一棵植物移动着。

当中午的电话响起的时候，她说不清她自己站在那儿多久了。她一直眯着眼睛看着田野，等着某样东西迫使她离开。她从电话那头深沉的嗓音中立刻辨认出来是贝尔的声音，贝尔的音调阴郁但令人愉快。

“我们今晚不需要你来演奏了。”他说。她感到非常失望，将电话线绕在一根手指上说：“但我还是可以来吗？”他笑了起来，一边笑一边说：“当然，当然可以。我不会挡任何一位想去教堂的女士的路。”于是，她沿着柳树遛到了被犁过的田野的边上，向沃伦大声撒了谎，说教堂需要她去演奏，接着她离开了他，他转过半个身子来听她说话，手里拿着一把刀，汗水随着不断上升的气温一直没停。

在教堂里，她有意地坐在了后排的地方，这一次她可以将双眼四处投放，可以从别人的注视中解脱出来，也可以从钢琴解脱出来。贝尔在这个炎热的夜晚穿着牛仔裤，一件短袖衬衫。她看到贝尔蓝色衬衫上的汗水圈是如此透明，几乎是白色的。他比教堂里的其他人都要高，因为他的高度而被人注视了，她在想他是否知道这一点，他是否喜欢被人看。他对每个人都随意地咧着嘴笑，因为今天是星期三，他毫无拘束地说着话，就像在自己家里一样。三位男士做领唱，每个人拿着一把红木色的吉他，吉他的护板处已经磨得像纸那么薄了。每个人都知道这些歌曲，阿罗玛也一样，不是因为她在学校里唱过这些歌——在学校里这些歌都不允许唱——而是因为它们早在她上学前就已经滋长在她身上了，尽管它们像矿层一样被埋葬了很久。刚开始时，她轻声地歌唱者，几乎害怕让人知道她在教堂里，她感觉自己并不属于这里。但接着她就大声地唱了出来，在两个小时的时间快结束时，那种感觉又再次回来了，那种星期天早上的感觉，那种感觉跟有没有上帝毫无关联，只与她呼吸中所发出的声音有关。她在田野里，或者厨房里，或者床上唱歌的时候都会有这种感觉，现在在教堂里的感觉也是一样的。

当她离开的时候，她哼了几首旧的中古教会调式歌曲，直到她转向铺满砾石的车道，那已经是夜幕降临之后很久了。房子和田野都是黑乎乎的，但是当阿罗玛静静地站在后面的台阶上凝视着深不可测的黑夜时，她可以从未受影响的阴影里看到每一朵刚开出来的白色的花都已经被剪掉了。

接下来的一个周日，贝尔·约翰逊要布道有关创世觉醒的主题。阿罗玛演奏了她自己选择的圣歌，除了那首《我的灵魂，你必须醒来》，那是贝尔特别提出要求要演奏的。贝尔说这是他最喜欢的一首歌，而且在传播该如何觉醒、该如何给予正确的关注这方面，这首歌比他做得还要好。她不知道他所说的正确的关注是什么意思，但是在星期天早上当他们唱这首歌的时候，她感到他们确实是在用他们所有微薄的力量来歌唱，她甚至可以看到最强壮的人也在用尽全力，那些宽厚的年轻人，即使他们的力量与整个大地相比也都是那么微弱。至少当她的手指掌控着从钢琴上演奏出的圣歌，当她的眼睛不停地从曲谱的页面转移到贝尔、转移到歌唱着的人们时，她是这样认为的。有一次，她看着贝尔在讲台上站起来，在他再次走开之前他把双手暂时握在苍白的木头上，离开他的位置，几乎站在他们的座位中间。她也注意到他在布道时停下来思考的方式，他会暂停下来看看窗外，就好像灯光本身也会给予他灵感一样。接着，当他再次说话的时候，他焕然一新，在楼梯平台上来回走动，就像他感到被人牵引着一样，偶尔停下来说一句话。人们和他在一起，他们给自己扇着扇子，或者转身放松一下他们的背部，但都耐心满满，都等待着。

在布道仪式快结束时，当大多数的会众已经走出教堂在停车场附近兜圈子时，阿罗玛也随着他们走出了教堂。她抓住一本圣歌集放到胸前，当她路过站在前面台阶上的贝尔时，她跟他挥手道别。虽然他正在跟他的母亲和另外一个老太太说话，但是他的眼睛发现了她，他用一个眼神留住了她。从她们身边走开后，他说："你演奏得真是太好了，太好了，大家都这么认为。"

"谢谢。"她想说更多的话，说一些轻松和慷慨的事情，但被困在一种感觉里。她每次在他身边时都会有这种感觉，让她找不到她正常说话的声音。不光是因为她害怕他会发现她和沃伦没有结婚就生活在一起，而是因为另外更多的事情，这种感觉让她的舌头在他面前变得那么软弱无力，毫无用处。她感觉到自己几乎被他笼罩起来了。因为这个，她知道他发现她的本性比她的性格更加柔软，更加温顺。但是他对她的那种感觉并不是她真实的状态——她粗暴的生活遭遇从来没有给她带来过温和这个奢侈品——她发现自己无法改变它，或者是她不愿意努力尝试着去改变。

"阿罗玛小姐，"贝尔说，"每个星期天下午我们有一个祷告者的聚会，你可能会有兴趣参加。我们希望在那里见到你。"

他弯腰把脸凑近，认真地看着她的双眼时，她想了一会儿他刚才说的话。她可以看到他脸颊上的颜色在变深，甚至可以看见他脸上带着小洞的毛孔。她想到沃伦对这件事会如何翻动他的眼珠。不只是她真正的意愿，还有其他东西让她说道：“我不介意参加。”贝尔笑了：“好。”但是当她回到家后，她小心翼翼，生怕提到这事，她只说在下午晚些时候，教堂还需要她去一次。沃伦只是点点头，一点也不担心，她对此默默地感到很生气。她心里有一部分是希望他介意她去教堂的，希望他说“但是我几乎没有什么时间可以见到你”，他也许已经说过一次了，至少她是这么想象的。但是她不确定，在那栋大房子里，已经不再有从前的时光了。只有住进这大房子之前的从前的时光。那时候他们没有生活在一起，现在他们住在了一起，却同床异梦，其他的一切都是推测、猜想。但是阿罗玛对于沃伦的冷漠没有任何回应，她在下午晚些时候回到了教堂。

她看到一个由六个人组成的小组，组员都相对年轻，但还是比她大，他们坐在位于楼梯平台和教堂座位中间空隙地的折叠椅上。当她犹犹豫豫地走到过道时，贝尔从椅子上径直站起来说：“很高兴见到你，阿罗玛小姐！”他们转向她，三男两女和贝尔，当她走近的时候她感觉到他们的关注让她双脸发烫。其中一位男士站起来，打开靠在教堂长凳座位上的一把折叠椅，主动将椅子交给了她。她拿起椅子，将椅子摆到了略微超出他们椅子所构成的完美圈子的地方。接着贝尔再次说话，就像她到来之前一样。她突然意识到她没有带《圣经》——她没有《圣经》可以带来——她四处搜寻着一本《圣经》，想办法偷偷地搜寻着，那些《圣经》放在教堂第一排座位上面。贝尔的眼睛追随着她，但他没有停下来，她随意地将这本书打开，将它摊开放到了她的膝盖上。

“是等待正在侵蚀着我们，我也是这样认为的。”他说道，在被打断后又再次拾起了之前的话，“但我相信这就是我们被要求做的，让我们把自己当作某样珍贵的、值得等待的东西去留存。这并不意味着一个祷告就会得到回答。我们不知道上帝的工作，我认为我们应该把这些留给信仰。留给信仰和良知，而不是像那些放弃信仰和造成海难的人们那样。”《圣经》上是这样写的。

阿罗玛不知道他在说些什么，她看了看周围的人，她看到他们在点头，她也以一种她并没有意识到的共鸣点了点头。一位女士看着她，微笑着，然后把头略微低下，看着自己的白色网球鞋。那位女士长长的头发在发梢处变薄了，挂在她椅子的金属座位下面。贝尔笑着对阿罗玛说：“我们在说婚姻。”

“哦，那是什么样的？”她问道，接着或许是因为她自己意识到了自己的意图，或许是因为她看见他们脸上犹豫的表情，她的心沉了下来，她明白了这原来是个单身人士组成的小组。

“等待婚姻，当我们选择在孤独中成长时我们做什么。”他说，“这就是我们正在谈论的话题。”

“啊哈，”她说，“好的。”她点了点头，然后忍不住转过身去看着她身后很远处的前门。她突然像一条想回家的狗一样希望站到门的那一边去。她强迫自己再次转回身来，朝她的同伴们眨了眨眼，平静下来，继续忍受。只有两个女人在说话，男人们大多坐着。阿罗玛一动不动地坐在她的椅子上，她感觉到了她背上的太阳，她将《圣经》上的已经被磨损的丝带从一个地方轻轻地弹到另一个地方。她什么都没说，只是看着他们在习惯了她的在场之后又交谈了起来。他们谈到他们渴望某种姻缘，这种姻缘是被安排好的，被上帝安排或者被偶然安排，尽管他们信仰上帝。这让她想起了在农场里的沃伦，她很好奇当她坐在这一群陌生人当中时，沃伦正在做什么——他们自然的渴望让她的内心充满了深深的不安，几乎是一种怨恨——而沃伦这时候在哪里呢？她不知道，那里就是他的内心。那是他的土地，尽管在当她开着卡车到达农场，第一次看见那栋脱落的房子和田野时，他说，现在这是我们的土地了。她再次想起了在葬礼结束之后他打电话给她的那一天，他说："你会来吗？"她毫不犹豫地说："会，会的。"现在她发现她当时应该停下来，仔细地思考一下这件事才是明智的，但任何的犹豫都与谎言无异。她没有，也不能犹豫。她来了。现在，太阳照在她的背上，《圣经》摆在她的大腿上，她不知道他在哪里，她几乎也不清楚自己到底在哪里。她记起了第一次认识他时他的样子，那时候，他开车带她到蜿蜒崎岖的路上，最后总是回到那个住宿学校。在夜晚结束之前，她的衬衫被掀到她的脖子上，感觉他正在努力地将自己推进到她的身体里面，甚至连她的牛仔裤都懒得脱。她记得他那样做的时候，她是如何突然快乐得发狂。被偶然指引着，她卷起半页《圣经》摊放在她的腿上，读了她面前的经文："比起参加盛宴，拜访悼念的殿堂更好，因为被哀悼是每一个人的命运，而活着的生命应该将这个牢记于心。"她皱着眉头看着这行经文，在座位上吃力地转过身来，把《圣经》"啪"的一声合上了。这不像她的一篇乐谱，她在里面永远找不到她需要的东西。

时间已经过去两个多小时了，她看到太阳深深地打着呵欠徘徊到了他们小圈子的边缘上。接着她注意到贝尔合上他自己的《圣经》，把双手放到他的肚皮上斜靠到座位上，其他人开始转身，伸展身体。她急匆匆地从座位上站起来，对着他说："我必须走了。"接着她离开了教堂。她立刻意识到在她走出教堂门的时候《圣经》依然在她的手上，但她没有走回去，而是把《圣经》收起来放在她卡车座位下面的地板上。接着，她开车走了。

当阿罗玛回来时，农场上没有沃伦卡车的迹象。她从房子的左边开始徘徊，一直来到了田野，田野展现在她下面，她用一只手遮住了双眼。没有风。她用衬衫的内侧擦了擦她的脸，从低洼地向外眺望着，就像这个低洼地是一片没有中心的海洋一样，她的目光没有在任何东西上停留。在被打理过之后，烟草植物已经出现了新的生长迹象，尽管缺少雨水，它们的阔叶依然变宽了，已经没有了枯萎的老叶子的样子。新的绿芽已经准备好长出枝条来。

但是在这些植物当中的任何地方，她都没有看到沃伦。她决定去把奶牛带进牛棚，她把它们从池塘边吸引过来，这样在沃伦回来的时候就不用做这件事了。公鸡已经被杀死了，沃伦也使她确信只要孵蛋的母鸡将鸡蛋孵了出来，他们就不需要另一只公鸡了。因为这些，她不再害怕在谷仓和牧场附近去冒险了。她走过了鸡圈，母鸡都挤成一团站在阴凉处，安静无声，连刮擦的声音都没有，似乎都陷入了热浪中。她从田野里选了一条路，抬高步伐以避免踩到牛粪，随着地面自然的起落而形成的斜坡向前走。朝着池塘跨越过去，她看到奶牛们正从山上黑暗隐蔽的阴凉处向下静静地凝视着她。她改变方向，爬上了通向奶牛的上坡。一到那里，她继续朝前走着，从温暖的阳光里一直穿行到奶牛走过的黑暗的树中间。奶牛们将严肃的头转向了她。她继续走，一直走到了更凉快也更深一些的树木下面。一头奶牛慢慢转过身来跟着她向前走。其他的奶牛停留在周边，用它们冷漠的眼睛望着她后退的步伐。

阿罗玛惊讶地发现，一旦她穿过那些长在山坡外侧边缘成对排列着的白色橡树，就可以看到山后面很多的松树。在这里，松针是如此松散地散落着，厚厚地成堆地层叠在地面上，人都可以躺在上面睡觉了。沃伦的爷爷没有在树的边缘设栅栏，而是把栅栏设在了更远的地方。栅栏在一棵树的周围从这儿绕到那儿——直到它向松树群延伸了三十英尺。奶牛们总是可以自由地漫步回树林里，白天高温时它们就这么做，到了傍晚，它们会再次出来进食、饮水。阿罗玛走到栅栏那边，用她的双手试试这个栅栏。栅栏生锈了，她的手掌上布满了跟内脏一样的橘红色条纹。她用拇指戳了戳其中一个带刺的绳结，接着她小心地让自己跳了起来，在她设法越过栅栏之前她两次跌倒在了地面上。她抓住一个裂开的柱子以保持平衡，一只胳膊抓起裙子，这样裙子就不会被栅栏绊住了。她设法跨过了栅栏也没有挂掉裙子的边。她把裙子放下弄平，回头看看跟随着她的奶牛们。奶牛们在距离栅栏还有几英尺的地方停了下来，站在那里用它们漆黑的像母亲一样的眼光凝视着她。有那么一阵，阿罗玛没有继续向前走，而是向后盯着那一片深邃的背景，她发现身后的黑让人无法想象，宛如一个没有窗户的房间。接着她转身向前继续走了二十英尺，在那儿，松树再次让位给了白色的橡树和剥落的白蜡树。松树的根蜿蜒在她脚下的地面上。她站在被树木过滤过的下垂的光线里。汗珠在她的上嘴唇冷却了，她伸手去摸旁边的一棵树，靠在这棵树上松了口气。她闭上眼睛，在她的思绪的空白处，贝尔出现了。她眨了眨眼赶走了贝尔，用比所需要的更大的力气推了树一把，继续向前走。她已经不太记得奶牛的事了，她只在想树林是会把她带到山脊那边的路上，还是会把她引到更深的地方。她感觉她宁愿待在树林里。也许在她想回到房子之前在这个树林里待很长一段时间。当她转向左边时，她发现了一块更冷更暗的地方，她在一棵树上看到了刻字。字母“E+C”的字样刻在树皮下面的隐匿处。她好奇地盯着它好一阵子，没有什么其他的想法，接着她开始明白刻着的字的意思一定是指爱玛（Emma）和卡斯尔斯 (Cassius)。卡斯尔斯是卡西和沃伦的父亲。她将一根手指按到她的嘴唇上好像是要让她周围的树林安静下来，她斜着身子凑了过去。被切开并刻着这些名字的木头随着时间的流逝已经变黑了，在树皮的映衬下，暗得就像是黄色的水果变干了的果肉一样。她用一根手指沿着这些已经磨损了的字母摸去，双眉紧锁，她的心中充满了一种坚定的感觉。她突然希望他们当中的任何人从来就没有出生过，没有一个人会将刀片放在他们的手中，并在这些活生生的东西上刻下这些毫无意义的短暂的标记。

她直起身子，对自己刚才的想法感到很吃惊。在远处的某个地方，一扇门被猛地关上了，关门的回声摇摆不定地回荡在山墙上。她突然从那棵树的旁边走了出来，四处看了看，好像是在寻找某个人，并开始朝着房子的方向往回走，全然不理会灌木丛会戳到她裙子边缘的褶皱。奶牛们仍然站在她离开它们的地方。当穿回来跨过栅栏时，她说了声“走”！在她的声音里，她听出自己有些模仿沃伦平稳的声音，她伸回手来轻轻地拍了拍奶牛宽大的身子，奶牛的双眼中间有成簇的漩涡。但是奶牛并不喜欢这样，它将头摆到一边，接着走到了阿罗玛的前面，走出了树林，来到了阳光里。阿罗玛用手遮住了眼睛，她跟随着奶牛摇晃着的尾部慢慢地走下小山丘，来到了宽阔的牧场上。其他奶牛在阿罗玛身后紧随着，当她在一个蛇洞口被绊了一下时，那头最老的奶牛几乎撞到了她身上。怀孕的奶牛走在最后面，它妊娠后的重量加上它本身纯属庞然大物的体型，让它每挪动一步都非常艰难。它们穿过被咀嚼过、长着矮草的田野，走过那个红色的谷仓，最后来到了牛棚里。当它们一头接着一头走进去的时候，阿罗玛帮它们把着门。在等待奶牛进棚的时候，她将裙摆拉到了膝盖上面。当她走下来来到谷仓的角落附近时，她看到沃伦的卡车停放在谷仓远处的谷仓墙旁边。沃伦用戴着手套的双手把一捆捆干草从地上抓了起来，艰难地摇摆着把它们扔到了整齐堆放着的草垛上，这些草垛接着就会被装上滑车去切割了。当沃伦看见阿罗玛时，他说：“到我这儿来帮忙。”接着他注意到了她穿着的裙子，于是说“哦”。他向她挥挥手，所以她只是站在卡车旁边，起初是靠在卡车上，但太热了，她便不靠了。只是看着他工作。他快速地走动着，不停地挥舞着他的手臂，挥呀挥呀挥呀，仿佛任何一点停顿都会破坏他的干劲一样。天色已经很晚了，太阳被房子挡住了。她盯着沃伦，沃伦皮肤下面的肌肉使她无法将目光从它们上面移开，不是因为它们很美——事实上它们的确很美，而是因为它们以这些方式如此清楚地告诉阿罗玛，他不是她，他也不可能像她一样。她突然有一种冲动，想要伸出手来触摸他身上其余部分的皮肤，但是他正在工作，还流着汗，所以她没有那样做，只是看着。她在想，我可以像他那样移动吗？我的背部可以像他那样弯曲和拉直吗？粗壮结实的肌肉可以像流在岩石上的水一样，但不要流得那么快，流过的岩石是平滑而不是尖锐的吗？她看着他深色皮肤上显出的红棕色，接着她看了看她自己，她自己苍白的皮肤。真的很令人震惊，她想到，在她和他之间所有这些区别似乎可以创造出一个完整的新人了。

当沃伦干完活之后，他们都爬进了卡车的驾驶室里，他把卡车开出田野，打开车门，接着又把车门从他身后关上了。这些事原本是她做的，但他没有让她做，因为她穿着裙子。他们继续沿着房子的南边向上开，在房子前面，他先打了个弯，然后关掉了发动机。

“你想喝点什么吗？”阿罗玛问道，他点了点头。他脸上的汗珠就像他脸上刚下过一场大雨。她在厨房里做柠檬水，搅拌着直到鲜艳的黄色沉积物被煽动起来，最后溶解在水中。她把柠檬水倒入一个她拿在手上的玻璃杯，再次走出去找沃伦，发现沃伦坐在他卡车的后挡板上，他的靴子没有碰到地面，靴子三角形的尖端向下。他小声地唱着歌，唱的声音是那么轻，她几乎听不到，差点将它误当成了他的呼吸声。

“你在唱什么？”她问道。她坐在他旁边，将玻璃杯在她手里握了一会儿，冰冷的湿漉漉的冰块在她的手掌里留下了烙印。

"没什么。"他说。

"不对，是什么？"

他摇摇头。

"告诉我……"

他将头稍稍地转开，说："没有调子，只是在我沉下来、沉下来、沉下来的时候。你知道的。"他一边说一边瞥了她一眼，看看她是否真的知道，他的嘴唇抱歉似的扭曲了起来。

"唱出来。"她说。

"我不会唱歌。"他说。

"没关系，就再多唱唱这个。"于是他用一种温柔朴实的嗓音唱了起来，"当从死亡中逃离出来时，我会不停地歌唱，不停地歌唱；当从死亡中逃离出来时，我会不停地歌唱。"他那发慌的音调挣扎着要从他的喉咙里发出来，但是它们无法升高，他的嗓音不像教会里的声音，很单薄，呼吸通过时像风吹过藤条一样。

"对，就这样！"她一边说一边在他面前摆动着手指，仿佛她正在用她的手将歌从他的嘴里拉出来一样。

"当我当从死亡中逃离出来时，我会歌唱，会变得快乐，会……"

他看不到她正在朝着他微笑，因为他已经又把脸转向了他的右侧，望着正在向西方下沉的太阳。

"会通过永恒，我继续歌唱。"

"我会歌唱，"她唱道，她的声音很清晰，"通过永恒……"后面的一句他只是小声地哼了出来。

"对！"她又说了一次。声音消失了，歌词失去了音调，无法形成一首乐曲。她留在那里打量着他脸的那一边。在阳光的照耀下，他松散的鬈发变红了，他如花岗岩似的下颚边缘变红了，暗藏在下巴的白一点的皮肤变红了，脖子上的青筋也变红了。当他吞口水时，她注视着他喉咙里肌肉的动作。他转过去的那边脸的边缘被照亮了，就像一朵云彩燃烧时的线条。那线条是那么精美而明亮，她移开了凝视的目光，接着她看到了一群鸟，它们的外形看起来像是谷仓那边的燕子，但是距离太远无法确认。鸟儿们一起站起来飞到了空中，一起以一种奇怪的、千变万化的形状飞过了一块烟草地，向上向外飞着，一会儿看起来变得很薄，像在空中的刀片一样薄，接着又突然猛地向下冲，消失在群山遥远的影子里。她再次看了看沃伦，抬起手指，好像在说“看什么展现在了我们面前”，但沃伦依然还是将脸背着她，他脸上的光芒被隐藏了起来。阿罗玛让她的手在空中停留了一会儿，当她回头看那些鸟时，鸟儿们已经飞走了。她叹了口气，感觉到沃伦在她身边不可移动的力量。她几乎没怎么靠在他的身上，只是他们的肩膀碰在了一起。

“再唱一次。”她轻声地说。

“过来，现在。”他这样回答着，弯曲着他那破裂而干燥的双手，一只手在另一只手上放在他双膝之间，肩膀拱了起来。他一直在向她身边朝西边的土地那边眺望着，而她则随着一声深深的叹息将头转了过来，眼睛斜视着变得漆黑的东方，就好像在搜寻某样东西一样。她以一种她自己都没有意识到的苦楚暗自思量着，因为她从来没有感觉到过她心上的苦涩：“不，我今天不会告诉他关于树的事，也许不论哪一天都不会告诉他。”

在教堂演奏了几个星期之后，阿罗玛感到在工作日来教堂练习钢琴也是受人欢迎的。她想离开那栋大房子。那栋房子普通的、不雅致的内部是她打理的，但是她不再想成为它的主人了。有那么一两次，她梦见房子在他们正在睡觉时倒塌了，她被惊醒了，但是它仍然在她的周围，仍然那么陌生，没有任何变化。她没有忘记使她一些更好的作品复活的愿望，她想把它们作为试听材料放进钢琴节目里，正如她在遵从沃伦的想法之前一直计划的那样。或者，如果没有什么别的原因，只是为了可以再听一听旧的音乐，让她记起坐在博伊尔夫人旁边时的感觉，那个女士会监视她的一举一动，严格地关注着她弹钢琴的每一个动作。这唤起了她希望被看见的愿望。于是她决定了，她要放弃房子——放弃清理，放弃打理，放弃站在后门用无神的眼神看着田野那边，不确定是否可以看见沃伦——她要开车来教堂开始练习。她第一次去教堂练习的时候是中午。教堂的前门被锁上了，一片漆黑，她像个孩子似的在已经脱落的白门面前站了几分钟，她背朝着路，想知道贝尔·约翰逊是否会出现。他没有出现，她无精打采地走回到她的卡车里，开车回家了。

那天晚上，她在贝尔一定会在家的时间给他打了电话，她说："你觉得我明天可以到教堂里来演奏一会儿吗？"

"嗯，"他说，"除非妈妈在那里做清洁，否则白天我们会一直锁着门的。我白天大多数时候要经营我们的农场，但我一般会在四点和六点之间进教堂，欢迎你那时候随时过来。"

第二天正好四点时，她将车倒进了停车场，贝尔·约翰逊也一样。他礼貌地等待着阿罗玛从她的卡车里出来，当她伸手去拿她的乐谱时，他把它们拿走了。她没有抗议，只是跟随着他，没有太注意到这样一个事实：他穿着牛仔裤和一件古老的节日 T 恤衫，比他平日里看起来要年轻了一些。

"这里都是些什么？"他问道。

"我的乐谱。"她回答说。

"乐谱单。"

"对的，从我在学校里开始演奏时的所有音乐。"

"那是什么样的一个学校？"他一边说，一边将盒子放到了钢琴旁边，双手放在臀部上转向了她。

“只是东边的一个住宿学校。”她一边说一边在盒子旁边蹲了下来，她的脸稍微倾斜移开以避免他问更多的问题。她把盖子从盒子上拿下来，感到他正高高地在她上面，注视着她。

“这里面所有的曲子你都弹过了吗？”他一边说，一边从她的肩膀旁边看过去，“莫扎特，啊，好啊！”他说，“这样吧，”他从钢琴边走远了一步，“我在离厨房不远的地方有一个小办公室。如果你有什么需要，不要犹豫，尽管来找我。”

过了好一阵，他没有走开。她抬头朝他笑了笑——笑容大概只有几秒钟——他觉得对话不能再进一步了，但他不知道为什么，于是他走了。接着，她把第一首曲子从盒子里拉了出来，把它分散着放在了钢琴的架子上，她的心怦怦直跳。她抬头看了看已经被贝尔关上了的门，犹豫了一下，双手放在了琴键的上方。接着，她开始演奏了。她演奏的时候没有了她两个月之前拥有的那种流畅感——就是上次她随便演奏一首歌曲的时候——而是带着一种汹涌的、不稳定的需求，这种需求之前从没有过。她的手指找到了它们的家，起初笨拙，接着很快找到了自信，她的身体前后摇动着，像个孩子一样在寻找着舒适感，完全没有意识到她原来坐在一条长凳上。她弹呀弹呀弹呀！

于是除了星期三之外，她每周来教堂练习四天。她练习了一些老的音乐，格里格、舒曼，莫扎特的曲子她弹得不是很好，但是她很喜欢。还有贝多芬和李斯特，她在想她之前是多么地想念这些曲子。她也想到了沃伦为何不了解她这一部分，因为他一次也没有见过她演奏钢琴。她觉得他不知道她会做什么，她可以成为谁。

贝尔每天在前门迎接她。他很快知道了她总是会准时过来，所以他确保自己从来不会迟到，他在前面的台阶上等着她，直到她转弯将车开进停车场，接着他就会站起来，在手里轻轻地扔着钥匙。一旦她的习惯固定了下来，就一直是这样，他也一直在那儿。但是一旦他让她进到教堂后，他就会很有礼貌——他总是很有礼貌，但也没有什么更多的举动——接着他就消失，到后面去了。她在那里一直弹到六点，没有再去见他就走了。他待在他的办公室里，她知道他听得见她演奏的声音，因为她的演奏几乎撞碎了这个小小教堂的内殿，而教堂里的墙薄得像纸一样。在这样过了一个半星期后，她坐立不安了起来。所以有一天，没有想到这样做会不明智，或者说根本什么都没想，她来到了贝尔的办公室，将头伸到办公室的门边偷看，她看到贝尔坐在桌子旁边，他面前放着一本敞开着的《圣经》，一支笔在两根厚厚的手指中间懒洋洋地躺着。她说："所以，这里就是你工作的地方了。"他大吃一惊，抬起头向上看了看，惊愕不已。然后他坐回到了椅子上，把手放在一起，把笔紧紧地扣在他的肚皮上。他微笑了，抬头看着她向前倾斜着的脸，她的脸从她紧抓着的门框那边闪闪地发着光。她的双唇之间似乎写满了期待。

"就是这儿，"他慢慢地说道，"不是很大。"

"嗯，我没有办公室，觉得这儿很不错。"

他看着她，他掂量了一会儿她说的话后说道："这么说你估计也没有秘书啰，如果你没有办公室的话。"

"没有。"她说。

"那准确地讲，你做什么呢？"

"嗯，主要是……"她说道，在木门边毫无目标地抓弄着。

他把头竖到了一边，仍然微笑着。"那说不通，"他说道，"你怎么吃饭呢？"

"我自己存过一点钱，"她说道，这是真的。她已经存了整整六十美金了，这等于她工作一个月能挣到的所有的钱。

他点了点头好像明白了似的。她迅速转身，面朝着门框。她用指甲在门的木板上轻轻地敲起了一种混合的旋律。微笑着，就好像她可能会大笑起来似的，接着她让自己停了下来。她再次看了看他，又移开了视线，说："我想我应该再去多弹几首曲子。"

"我同意。"他说。她走了。但是第二天，在她弹奏了约一个小时之后，他闲逛到了教堂的内殿，至少走到了内殿的门口，他站在那儿，听着她的演奏。她知道他在那里，但是她假装不知道。接下来的又一天，他完全进来了。他在钢琴面前站了一会儿，接着走到了楼梯平台上，一直坐在钢琴的后面，这样她除了能看见他膝盖以下的腿之外，其实看不见他。当她练习结束时，她把手放在膝盖上，将身子侧过来凝视着他。

"那些曲子弹得不错，"他一边说一边摇头，"你像这样弹了多久了？"

"嗯，八年或者九年。"她说，"我是在十五岁的时候学了这首曲子的。"

"这是首什么曲子？"他问道。

"这是一首婚礼进行曲，但不是你经常听到的那首。不是他们总是演奏的那首曲子，这是一首为还没有结婚的人写的曲子。"

"不要开玩笑。"他边说边笑了起来，"嗯，好吧。我怎么会知道我永远不会结婚呢？"

"你给我的印象是这样的。"

"现在也许我太老了。"他一边说一边打量着她。

"不老。"她说。

"三十六岁，"他说，"我现在是个老人了。"他笑了，注视着她。

"那并不算真的老了。"她说道，但是她的否认似乎在为他证实着某样东西，他向外看着空荡荡的教堂里的座位，它们沉默着。

“那个单身的聚会，你再也没有回来过。”他突然说道。

“哦，那个。”她挥了一下手说道，“那会占用了我个人独处的时间。”

他大笑了起来，真的大笑了起来，把头往后一仰。她对自己感到很满意，在键盘上弹奏了一些随意的调子。当他安静下来时，他把双手在自己面前合在了一起，胳膊肘放在他膝盖处被磨白的牛仔裤上。“不，”他说，“我从没结过婚，老实说，我并不认为人们很关心这个问题。但我爸爸曾经在这个教堂里传教，这就是我怎么会来到这里的原因。我怀疑他们一直容忍着这一点，所以我竭尽全力地为他们做一些事情。”

“我不认为他们是在容忍你，他们觉得你很擅长你的工作。”

“谢谢你。”他说，“我猜如果我有一个妻子的话，他们只会感觉更好。”

“嗯，那你怎么没有结婚？”

他专心地看着那些座位。“我猜也许是因为我从来没有找到过那样一个特别的女孩。”

“特别的女孩，哈！”阿罗玛边说边将她拱起的手再次放到了键盘上，寻找着一些更多的调子，但是她依然侧身注视着他，“为什么这个女孩子必须要如此特别呢？是因为你认为你自己很特别吗？”

她本来想开个玩笑的，但他并没有笑。他凝视的目光摇摆不定地移到了下面，他移动嘴巴的样子就仿佛他嚼到了某样酸东西一样，嘴角那里的肌肉变成了铃铛的形状并塌了下去。他的脸红了。阿罗玛赶紧在她的座位上坐好，开始弹奏钢琴以掩饰她感到的尴尬。脑子里什么曲子也没有，她在琴键上随意地创造着曲子，直到后来她定位到了G 调上，她并没有真正地选择这个调子，她开始演奏那天她把奶牛赶回奶牛棚时，沃伦一直在哼着的那首曲子。她很长时间没有看到过那首圣歌了，但是她的手指找到了节奏，她闭上眼睛，音乐像画卷似的呈现在她的眼前。

当最后一个和弦音响起在沉默的教堂内殿时，她睁开眼睛，大胆地瞥了贝尔一眼，他的脸现在已经朝着下面了，他的拇指像塞子似的压在他眼睛的眼窝处。当他抬起头，缓过神来时，她看到他脸颊湿润了。阿罗玛蜷缩在放钢琴的那面墙的后面，坐在那里弓着腰，浑身不自在。无法调和自己与山里的男孩的那种温情。她不知道自己到底是该说些什么，还是什么也不说，还是就弹钢琴。她等了一会儿。但是他什么也没说，身体也没有移动过一英寸，她感到房间里寂静的气氛实在是太浓烈了。于是她说了句："我很抱歉！"但是她不知道她在抱歉些什么。

"不，不。"他说道，声音突然听起来非常正式，他的嗓音很浑厚，就好像是从塞满棉花绒毛的嘴里发出来的一样。

她再次凝视着钢琴。"我做错什么了吗？"她说道，她的手将灰尘从琴键下面的滑块上滑了下来，在那里，他看不见她的手。

他伸展了一下脖子，先是向右边，接着向左边，就好像脖子受伤了似的。"这是我们在父亲的葬礼上唱的圣诗。"他带着咧开一点嘴的笑看着她。"他想听这首歌，"他说，"这是父亲最喜欢的一首曲子。一时半会儿我很难想到这首曲子。你让我很吃惊，这难道不有趣吗？"他说这些话的时候更多的像是在对他自己说，而不是对她说。"有趣的是有人可以死去，而且死了很久，接着某件事……发生了，你听到一小段音乐，你就能完全再次感受到他们的存在，就好像他们不可能已经死了一样，但是他们的确已经从这个地方消失了。我想，总有复活的时候，总有重逢的时候。这就是这种感觉。我想，早就知道这种感觉，不相信他们死了。你的大脑告诉他们已经死了，但是接着你感觉他们不可能已经死了，不可能真正的死去，这是我知道的感觉。我真的相信这个。”他用目光扫视了一下这个小的教堂，接着清了清嗓子，看着她，他的眼睛睁得非常大，“当然，你还非常年轻，我想你的父母亲都还在吧。”

“不，他们死了。”

他开始回过神来：“哦，请原谅我，我不应该那样说。”

她耸耸肩：“他们在我三岁的时候就已经死了。我什么也不记得。”这是真的，她不记得任何一个吻或者任何一种气味，甚至任何一种情感。除了一种模糊的意识，那就是他们死了，目的是去跟另一些人取得联系。作为一个孩子，她努力地在内心深处创作一种失落感。但就像对那些死去的人一样，那种感觉根本就不在那儿。这并不是因为她的叔叔和阿姨在那里填补了她的父母所留下来的空白，只是空着的空间就保留着其本来的样貌也不错，这没有比一个人生下来只有四根手指更令人感到受伤。这是一种缺憾，但是她认为这并不意味着什么。

“我很抱歉，阿罗玛小姐。”他说，用他那双几乎是黑汪汪的眼睛一直坚定又惊讶地看着她。她轻描淡写地说：“这一点也没有困扰到我。”但当她以一种如此轻率的方式说出这些话时，她的话听起来几乎有点残忍——她刚把这些话说出来时她就感觉到了——尽管她不确信这些话对贝尔是不是也很残忍，或者对她死去的父母是否残忍，又或者仅仅是对她自己很残忍。但是她已经回避了他说的话和他脸上沉重的表情。她有一种酸酸的感觉，他正在担心着一种根本不存在的悲伤。接着，他从台阶上猛地直起了身子，但有点太快了，他僵硬地站在那里，就像是一个正在玩扮演士兵的小男孩似的看着她的眼睛，不过是一个非常高的小男孩。

“谢谢你演奏了那首曲子，阿罗玛小姐，”他小心翼翼地说道，一边将手从他的衬衫前面放了下来，“非常感谢你。”他转过身，穿过通向建筑物后面的门，留下阿罗玛一个人坐在钢琴前面。她看着午后的阳光偷偷地穿过地板，在她面前像玻璃似的慢慢移动。她用胳膊夹起乐谱，但又把它们放回到了她旁边的长凳上，她的目光依然没有从斜着的阳光里离开，她把手指盲目地放在琴键上，弹起琴来。她再次感觉到她的心中涌起了那种思念已久的快乐，接着一个想法在她的脑海里划过，那位牧师可能站在门的另一边，可能正在聆听，这给了她另一种不同的乐趣，这种乐趣对她来说是全新的。

她留在汉森维尔去买了杂货，当她回到家时，沃伦正站在门廊上。当她从卡车里爬出来时，她停下看着他。她的手里拿着一个棕色的纸袋子，站在他面前，她的脚踩在草地薄薄的边缘上。他的脸被太阳晒得如此黑，他看上去都不像和她是同一个种族的人了。

“你好，沃伦。”她说道，但这句话刚出口，她就感觉到了这是多么奇怪。用这样的方式去叫一个男人的名字（而不是姓氏），这听起来会让人感觉多么冷淡。他似乎没有注意到。

“这很棘手。”他说，却并没有看着她。他咬着嘴唇，她等待着他继续，虽然不确定他是否会继续说下去。他说：“辨别一片已经长好的叶子和一片缺水的叶子跟进地狱一样难。”接着他直挺挺地看着她，好像在等待什么。当她没有回应的时候，他从腰带上拉出棉衬衫，用它擦了擦脸，接着让衬衫再次落到他满是汗珠的肚皮上，说道：“因为干旱，它们的根部看起来黄了，但是它们还没长好。辨别它们就跟进地狱一样难。”

“嗯，那你现在可以将它们割下来让它们多干燥一会儿吗？”

他没有回答，而是说：“你最近很多时间都不在家。”

她把放在臀部附近的杂货举得更高了一些：“每天就出去两个小时。”

“所以我才这么说。”

“如果两个小时你嫌多了的话，你就是疯了。”她说道。她走上门廊，打算越过他，但是他把手伸到了一边，用他的食指轻轻地触摸她，将她拦了下来。

“这样的两个小时你都做了些什么呢?”

她停下说：“该死，我在弹钢琴，沃伦。”

“就这些吗?”沃伦问道。

她眯起眼睛，“该死！沃伦！”她说。

“那你为什么那样叫我?”

“因为那是你的名字。”她说着，用眼睛从头到脚盯着他的方式痛斥他，“有时候我不得不提醒自己你到底是谁。”她说这些话的时候，眼睛都没有眨一下，而是与他双目对视。

“你这些话是什么意思?”

“这些话的意思是我从来都没有看见过你，尽管我和你生活在一起，而当我的确看见了你的时候，你对我也没有什么可说的。”

“阿罗玛，听着。”他说。

“哦，上帝禁止某人告诉你该怎么做。”她厉声说道。

“你不是我的母亲！”

她眨了眨眼，嘴唇分开。“是的！”她说道，声音低了下来，“是的，我不是。”对这一句话他没有任何回应。他只是将眼睛移开并在同一瞬间将手拉回到自己身边，把两只胳膊抱在胸前，眼睛向其他地方看去，好让她看不见他的脸。她将手里的重袋子从臀部边转移到另一边，就像在转移一个婴儿一样。她朝他看着的地方望去，目光越过前面的几亩地，一直落到了她最初看见他闪闪发光的卡车的树那边。接着她转过身来，继续向前走进了房子，任由她身后的门砰的一声关上。

她在半夜里醒了过来，醒来时她的第一感觉就是天气比这个季节应有的要凉爽多了，这对她来说是一种解脱。她伸展开四肢，但她马上意识到被单被人从她的肩膀和胸部推开了，床空着。阿罗玛从床上开始，把这个黑暗房间的四周都看了看。沃伦站在窗前，他被阴影笼罩着的肌肤上显现出黑色和蓝色，被月光照得白白亮亮。有那么一阵子，她只是盯着他，他们在前廊上争吵过之后，除了一些必要的生活用语之外，没有多说过一句话。她现在什么也不想说，因为她还余气未消，于是她假装依然还睡着，不过他完全没有动，甚至看上去都没有呼吸——他的胸部没有任何起伏，就像是用木头做的一样——她说话了。

“你在看什么？”

当她的声音打破了房间的静谧时，他似乎并没有感到惊讶，他没有改变他站的位置，不紧不慢地回答：“我不知道。”

“你一定在看什么东西。”

他将头转过肩膀，看着她，月光映照在他脸的左侧，将他右侧的脸变成了奇怪的阴影，这让他突然看上去好像只有一只眼睛。她将目光从这一幕移开，用手指将她旁边被单上的褶皱抚平了。

“告诉我。”她说，眼睛向下看着。

“我真的什么也看不见。”他边说边转过头，从玻璃向上望去，月亮不停地在空中走来走去。

“好吧。”她说，从他的声音中她感受到了微微的歉意。

他接着说：“我曾经告诉过你吗？我下过猛犸山的岩洞。”

“没有。”她抬起头，感到很吃惊，在旧的羽毛枕头上坐得更高了一点。

“在爸爸去世之前，”他说，“我们下去过。在他死之前……那是个假期或是其他什么日子。我们开车下到了那里。我们去了岩洞，去那儿的人都关掉了手电筒……”沃伦现在将他的整个身子转了过来，完全转到了他自己的阴影里，她现在只能看到剪影似的他，她感到他的整个身体都在看着她，就像是一张充满警惕的脸。

“发生了什么？”她问道。

“什么也没发生，”他说道，“就是一片漆黑，但那种漆黑是你从来没有见过的那种黑暗，就像你的手在自己的面前却看不见它，我无法辨别哪里有人，不知道那里是否有上下坡，还是什么也没有。那么黑，不像这儿的黑暗……”他点点头朝窗外望去，看着玻璃窗格外的那片草地，“在这儿你依然还能看到一些东西。那儿的黑暗让一切都消失了。”接着他将双臂交叉在他的胸前说，“接着当手电筒被打开时，那里所有的人都只是大笑了起来。甚至我的亲人们也大笑了起来。”他突然停了下来，眼睛凝视着窗外，就像他的眼睛在那里发现了什么一样。

“很可能他们松了一口气。”阿罗玛说道。

“嗯，”他说，“我不喜欢他们笑，我永远都无法适应那个笑声，就像人们在嘲笑着路边死去的一条狗一样。有些事就是不好笑。”

对沃伦的这些话，她没有回应。当他再次说话时，他的语气变得更加柔软了，“最好下场雨。”他说。

“会下雨的，沃伦。”她说道，这次她宠爱地叫着他的名字，“我不许天不下雨。”

他高声大笑着，再次看向窗外，“嗯，最好是下雨。”他说，“因为这个地方走向地狱的速度快过……”他努力想说出其余的话，阿罗玛看到他的嘴唇动了好一会儿，但他没有把话说完。

阿罗玛再次伸展开四肢，将纠缠在一起的被单从她裸露的双腿的中间推开。“沃伦。”她叫了他的名字。他慢慢地再次转过身来，不情愿地站在那里，月光笼罩在他的周围，他的前面再次全部变黑了，她看不到他的表情。她把双手放到她的乳房上，感觉到自己脸上有淡蓝色的被冲洗过的光。沃伦慢慢地从床的周围走到她的身边，坐下来，将一只手平放在床头板上，一阵奇怪的感觉传遍了她全身。“我的祖父造的这张床，”他说道，“他在养护谷仓里造的它。”阿罗玛期待知道更多的事情，她用一只手拉着沃伦的肘部，直到他转过身来躺在她的身边。“我希望你能告诉我更多的东西。”她说道，他们亲吻了，然后都没有再说任何话。他慢慢地爬到了她的身上，在她的双腿之间停了下来，她再次呼喊了他的名字，但是她一直在黑暗中观察着他阴影般奇怪的脸，她感到一阵小小的恐惧正在到来。她感到自己完全不认识这张脸，这个陌生人。但那时候，当她紧紧抓住他的大腿根部的后方使他压进她的身体时，她也并不在意他是不是个陌生人。他吸了一口气，接着她拉着他移动，将他紧紧地靠在她身上。即使她抓他的时候手握得更紧了，让他和她的胸部之间几乎不留距离，她也仅仅感到是向他的肉体敲了敲门。甚至是在他大声叫出来时，她感到他在她面前投降了，那扇门却并没有打开。

阿罗玛心神不定，但是她说不清楚原因。她一整天都在这栋房子里漫无目标地闲逛着，用干净的抹布随意地擦拭各种表面，自言自语、目光呆滞地站在那些肖像画前，直到她自己的想法消失，直到她忘了自己，直到她想起了沃伦在窗前凝视夜空。接着，尽管有悖她的意志，甚至在她指责沃伦应该为她的心神不定负责的时候，她感到一种不情愿的欲望正在她心中偷偷地滋生着，她渴望的东西正是他想要的东西，一些土地，还有烟草需要的东西，这些烟草从土壤中吸取的水太少，太贫瘠了。她发现如果她将眼睛固定到她脚下的地面上，在这里她看不见田野那边土地的变化，她就可以守住这种感觉。只要她不抬头向上看。

当沃伦在下午晚些时候上山时，鱼和蔬菜已经做好了，都快凉了，阿罗玛站在厨房里等待着他。他进来了，看上去仅仅是被一种踌躇不决的意志驱使，让自己直直地站立着。他停下来了两次，好像忘记了某样东西似的，他转过身向后看了两次——在看什么，阿罗玛不知道。当他再次转过身来继续看的时候，好像被什么东西吸引住了，就像让土壤变得贫瘠的日光也将他身上某种必不可少的东西削弱了一样。阿罗玛为他打开了门，尾随着他进到了餐厅，注意到他的双手无精打采地放在身旁，他一边的肩膀疲倦地抬了起来，比另一边的肩膀高，就像光一只肩膀不能承受某种失败一样。当他坐回到椅子上伸手去拿香烟时，香烟早就被阿罗玛抢走了，因为阿罗玛不能容忍他在房子里抽烟。阿罗玛说："你干的活太多了。"

"我是干了很多活儿。"他承认，"但是没有必要雇人，也没有钱来雇人干这些活儿。我已经把一些事情给解决了。我刚刚熬过了这个季节。"他指着桌子另一头的工作记录说。

"嗯，我在想，"阿罗玛说，"我可以在这里做更多的事情，你知道的，一个女孩子可以做更多的事情。"

"我知道，"沃伦说，"妈妈什么事情都做。爸爸去世时，我还只是个小男孩，她把所有的事情都做完了，她撑起了这个农场。"

"哦。"阿罗玛说道，她对这个答案感到有点失望。她低头看着她的盘子，"嗯，你或许可以将谷仓交给我。我会收鸡蛋、收拾东西、喂小鸡。"

"因为那只公鸡死了。"

她再次抬起了头，眯起眼睛说："嗯。"

他琢磨了一会儿，搔了搔一根红色的胡子，好像它发痒了似的。"嗯，好吧。如果你愿意的话，你可以掌管小鸡。给它们喂食，但不要把太多的牡蛎放到里面，而且我希望你远离那只孵蛋的鸡。"

她轻描淡写地耸了耸肩。

他用眼睛瞪着她，“你干过这个吗？”他问道。

“干过什么……”

“照顾鸡。”

“你觉得呢？”她非常尖声地说道。她的脸红了，他看见了，因为他正看着她的脸。她将双臂交叉在胸前，咬住一片嘴唇。她出生在一个什么也没有的、两家一栋的流动住宅里，她童年的大部分时间都是在一个消沉的充满抱怨的学校度过的，这不是她的错。她学过钢琴，这是他永远不会拥有的奢侈品。

“嗯，不要这么充满敌意。”他说道，“没人说你做不了这件事，我只是问问。”

“好吧，那你教我这个吧。”她一边说一边扬起头来，沃伦似乎没有听出她的声音中的嘲笑。

他和她一起走到了谷仓，当他们快接近谷仓时，花斑猫们四散而逃。

“那些猫的名字是什么？”阿罗玛问道。

“如果它们有名字的话，也没有人告诉过我。”他停下了脚步，看着它们逃走，接着他走到了她的前面，进到谷仓黑暗的里面。那里闻起来好像有干草、旧木头和鸡屎的味道，在白天的高温下这些味道变得有些刺鼻了。一段段的日光照耀着木板。光斜照在谷仓上，将它能触摸到的所有地方都厚实地变成了黄色——现在空着的马厩、弯曲着的碎的散落的干草，还有他们自己的腿，都被太阳晒热了。沃伦站在阿罗玛的旁边，在他说话之前，他迅速地看了看谷仓的内部。

“就是那只孵蛋的鸡，你不要打扰它。”他一边说一边指着一只被他放进了它自己鸡笼里的母鸡。这只母鸡跟其他鸡分开了，其他那些鸡的黄色的脚扭在一起，腿时不时笨拙地移动着它们那胖嘟嘟的身子。这些鸡没有被关到鸡笼里，或者下蛋的墙那边的盒子里。那只孵蛋的红褐色的鸡坐在鸡笼铁丝的后面，看上去像是睡着了或者说无聊得快死了。“如果我们能孵出那些小鸡来，那我们很长时间都不需要去弄一只公鸡。”沃伦说道。他看了阿罗玛一眼，阿罗玛拒绝承认她看到了他，她将眼睛看向谷仓里的其他地方，但是很认真地听着。“我们有足够多的母鸡，可以让它们来下蛋。所以我们短时间里可以不需要它。你就让它待在那儿，如果它紧张的话，我会喂它，它认识我的。我只是不想失去那些小鸡。”

“好的。”她说。

“这是饲料。”他从一个未使用的隔栏的角落伸手拿来了一个洒满粗糠灰尘的袋子，“现在就用这么多饲料，加上大约这么多的牡蛎壳，将它们填满这个木盆，接着你就像这样把它撒在地上。”他将鸡饲料撒开，鸡饲料落到了靠近下蛋区墙边的谷仓地板上。在鸡饲料落下之前，它并没有迎上落下的日光像瞬间即逝的金子一样落下。有些小鸡过来啄食了，两只小鸡撞到了一起。

“天啦！这些鸡可真蠢啊。”阿罗玛说道。

“对啊，嗯。”他边说边点头。当他看着她时，她从日光里再次清楚地看到了他眼睛周围年龄增长的痕迹，这些痕迹出现得太快了。他把手放在牛仔裤上抖了抖手上的灰尘，接着将一只手放到了她的肩上。她突然觉得自己像是他的小女儿，而不是他应该的妻子，或者女朋友，或者任何在他爷爷建造的谷仓里应该成为的角色。

“在爸爸去世时，妈妈也什么都不懂。”他说，“她只是学会了做这些。”他从她身边走开准备离开谷仓，但是背对着她停了下来。他用左手抓住了宽门的门框，用手指在木头上写了一会儿字。

阿罗玛看着他，小鸡们在她周围乱跑着。它们带着圆点花纹的、浮动着的身体像漂白了的白点一样。她跨过它们，用双手划动着空气发出“嘘”声将它们赶走，小鸡们像漂浮着的溪流一样分开了。她伸手去摸一个带食槽的隔栏门顶部，在她的手就快够着的时候，食槽的顶部轻轻地移动到了内侧，这让她稍稍向前绊了一下，绊进了一个关于马的环境。她站着，一只脚在隔栏里，一只脚在隔栏外面。一个半生锈的马鞍挂在一面墙上，马鞍的颊革被撕碎了，它的皮随着岁月的增长已经起皮了。旧的橘红色的马鞍垫堆放在隔栏里的干草上，她想象它们仍然保留着马的温度，就像刚从烘干机里取出来的被单一样。

“我猜你有时会想念那些马，哈。”她对着沃伦的背说。

“不会。”他说，“那只是另一个我养不起的躯体而已。”

“如果我曾经拥有过一匹马，我会想念它的。”

“该死！”

“什么？”她说道，扔下了她手中已经腐蚀掉的木头。

“天怎么能他妈的这么潮湿，又他妈的这么干燥。”他并没有用疑问的语气说道，把手伸了出来，就像是一个空的有柄的勺子一样。

“我不知道，沃伦。”她一边说一边踏出隔栏，朝他走去，“但是天会下雨的，你必须相信这个。”

接着他转过身来看着她，在他这么做的时候，他一只眼睛里小的黑色的瞳孔突然变大了。当他从光亮中转过身去朝她站着的谷仓投下阴影的时候，她看见那个黑色的瞳孔变大了，黑黑地喷在他的眼睛里薄薄的蓝色上。“为什么会下雨呢，阿罗玛？”他问道。

她在他面前停了下来。“因为难题解决了。”她慢慢地说道，想着他那变大的黑色瞳孔。

“是这样吗？”他问。

“嗯，是的。”她说。

他张开嘴要说些什么，但又把嘴巴闭上了。他的嘴角缩进了嘴里。

“怎么？”她说。

他摇摇头好像他马上要转身离开了，但是没有。他伸出一只手来拉过她的脸，将她拉近了些，用拇指按着她下巴上的酒窝，先是将她的脸转向了左边，接着又将她的脸转向了右边，就好像他第一次看到她的脸一样，在那里研究着在这张脸上有没有可能找到一个隐蔽处。

“怎么？”她又说了一次，这次快要将他的手拉开了。

“妈妈也曾说过这样狗屎般的蠢话。”

“这不是蠢话。”她说道，反感地从他身边站直，走开了。但是他跟着她走了过来，当他低下头亲吻她时——他亲吻着他刚才用拇指按着她下巴上的那个地方——他那巨大的黑眼球扫过了她的视线。

“这比蠢话更糟糕。”他直起身子来时说道。

接着她一脸严肃地脱开了身，一不小心撞到了那只在她脚后跟附近啄食的母鸡。她一下子皱起了眉头，但没再多说些什么。

当沃伦自己也走开，在她面前转过身看着他枯萎的庄稼地时，他说道：“我知道你是好心。”大多数的时候，沃伦都是扭着头的。他走出了谷仓。

星期天的上午，贝尔像往常一样在教堂的台阶上迎接着来教堂的人，但是在做礼拜的仪式开始的时候，他却走到了教堂前面，在靠近布道台的前一排座位上坐了下来。他头朝下，用一只手撑着头，手指在他的太阳穴和发际上伸展开来，所以阿罗玛从她坐着的地方看不到他的脸。一个老人从前排座位上代替贝尔站了起来。他用简单、熟悉的方式向上帝做了祷告和祈求，却没有引起座位上的教众的注意。他们无法集中精神，看着贝尔，或者至少是看着坐在他们前面的贝尔那长长的背部曲线。在老人祷告结束后的沉默中，老人慢慢回到了座位上。这时，贝尔径直地站起来，当他伸展到他全部的高度时，他看上去像是在伸展手脚一样。他站了起来。他站到布道台后面，没有将《圣经》拿到那三级台阶上去。他在布道台上站了很久，直到他深呼了一口气，才回到楼梯平台处的第一级台阶。他抬起了眼睛，它们之前一直注视着地面。

“我不是固定地宣讲某样东西，而不关心我们大脑里困扰的事情，所以我今天要向上帝祈求雨，我必须向上帝祈求雨。”他说道，听起来好像他正在对着一个比现在将他们全部容纳起来的房间要小得多的房间说话一样，他的声音是那么小，“但是关于这个我没有太多的话要说，我能说的全部就是祷告。所以今天，不会像是在布道，而更像是一个祷告小组，因为我们需要雨，兄弟姐妹们，我们需要雨。我们当中的大多数人都有过庄稼丰收的经历，这种收获是必须的，因为这是我们的食物，是我们的面包和黄油。但是今年这种收获却还没有来到，我们正在困惑为什么、我们做了什么，以及我们能做什么。”

贝尔停了下来，用目光凝视着他们，阿罗玛感到他看到了教堂里的每一个人，尽管这不可能。因为他只有一个人，而教堂里的人却这么多。当他看着大家的时候，他没有微笑，他的嘴巴是一条线。

“我看不懂这样长期干旱的意义，我怀疑它根本没有任何意义。我必须实话实说。”他说道，“我没有看到上帝将手放在所有的东西上面。嗯，我看见了一些，还有一些我没有看见。很难说，也许上帝在所有的事情上面都会插一手，但也有可能他不是什么都会插手。这两种方式上帝在《圣经》里都向我们展示过，所以我不知道，我不知道。有谁会像那个聪明的人一样，知道所有东西的解释呢？经文上就是这样写的，这样写的，我看不懂它的意思。也许这是一个考验，但我不知道我该不该相信考验。我知道你们当中有些人相信考验，但是我不相信。也许当我们变成天堂里的珍珠时，我们会将这个弄清楚，我不知道。我不认为上帝会那样狡猾，但是我不敢肯定。你们可以肯定吗？这让我感到绝望。”他把双手放到他的臀部上，眼睛望着那一张张等待着的脸。他们当中有人将脸抬起，有人的脸朝地板方向斜着。他向前走下最后一级台阶，站到了坐在第一排座位上的人们的面前。

“我知道你们也感到绝望。”他说着，咧开嘴角苦笑了一下，“看上去像是耐心，现在却感觉像是绝望。我感觉到了，我知道这种感觉不仅存在于我的脑海里，也存在于我的心中。上帝将绝望放到了我的心上，也让我知道了你们的绝望。”他将他的手掌平放在他的心上，“而事实是，沙尘暴并不是很久以前的事，你们的母亲和亲人们都经历过，你们当中有些人也经历过。在这里，白肋烟草地已经够糟糕了，但是西部外面更糟糕。河流枯竭，动物死亡。当这些人看到发生的这些事的时候，他们绝望了——我相信我们也会这样——他们对自己说，动物的命运和人类的命运是一样的；当动物死去的时候，人也会死去。他们都呼吸着同样的空气，人类相对动物而言没有任何理所应当的优势，听我说，我不是在亵渎神灵，兄弟姐妹们，这是写在经文上面的：谁知道人死后的灵魂会向上，而动物的灵魂却会向下？这就是他们提出来的问题。这个问题写在上面，是绝望将它写了出来，上帝原谅了它，或者他不会让这个问题躺在这里……”他从他面前的女人的腿上拿起《圣经》，将它举了起来，《圣经》上金色的刻字在日光下闪动着，他说道，“上帝原谅了人们的绝望。上帝说，悲伤和好奇是可以的，兄弟姐妹们，我们也是这样做的。我们悲伤，我们好奇为什么雨不降临，我们知道对于这种绝望一定会有一个答案，因为绝望是一个问题，它不是一个答案，这就是我们必须要记住的：上帝就是答案，这四本福音书就是绝望的答案，是我们的灵魂将会到达的地方。但是……”他暂停了一下，吸了口气说，“人类会遭受灾难。”在他沉思的时候，他的声音消失了一会儿。他把一只手放进他的口袋里，接着把它移开，在他的大腿上摇晃了一会儿，仿佛在他的大腿上晃动着一个小手鼓一样。他抬起头微笑了，他把《圣经》抓得更紧了。他停了一会儿，只是微笑着，接着他说：“但是，哈利路亚，万能的上帝，它会下雨的。”他把《圣经》还给坐在第一排的那个女士。“阿门”像雷声般迸发了出来，他在继续布道之前任由人们说着“阿门”！“天会下雨的。天会下雨的，上帝就是这样说的，我现在只是在向你们传道，因为上帝给了我身体，他让我今天来对你们说。兄弟姐妹们，经文上写着，直立着的东西存在于土地上。天会下雨的，但是这不是我告诉上帝这个，是上帝在告诉我这个。我没有要求这个……”接着贝尔的音量升高了，他以请求的语气说，“但它会下雨。这不是傲慢。如果有一件事情我很清楚的话，那就是土地会一直存在下去。不是我，不是你。我们是那些会升入天堂的灵魂。但是基督的福音不能升入天堂，因为福音一直都在。不，我在这里向你们保证天会下雨的，我知道这个是因为土地是他的，土地是上帝的，土地是上帝自己的宣言。”他说道，“土地是上帝的……”他的话还没有说完，便闭上了眼睛，让他自己的声音飘浮着，他们等待着。他没有睁开眼睛，没有以他结束时的那种低沉得像钟声一样的嗓音开始继续布道，他们低下头，和他一起开始祷告。甚至那些一直站在前面四处张望、相互拍打着的孩子也低下了头，安静地祷告，这些孩子完全没有注意到这场旱灾已经将他们的父母和家园吹得又热又干了。

在停车场的烈日下，他们也没有离开。他们站在那里流着汗，拍打着苍蝇，却没有一辆车开走。好像当贝尔从一张渴望的脸上转过来时，还有十张更多的热切的面孔在那里等着他，他们都想跟他说话——关于什么话题不重要——因为在家里他们只有农场和他们自己。所以他们站着，围成一个石磨般的圆圈看着贝尔，这个圆圈时而打开，时而关闭，但没有散开过。阿罗玛也不敢直面自己有一个人独自回到房子里去的想法，而是坐在了人群那边的一张长凳上，半转着身子面对着她的卡车，好像在想着远处的某种东西，却聆听着星期天教堂里的喧嚣。十五分钟后，贝尔爬上了进教堂的那三级台阶，举起他的手大声说："嗯，既然没有人想离开，那我们就在埃斯蒂那儿的棒球场上来个即兴的野餐吧。两个小时以后，在两点半，大家带点东西到那里去吃怎么样？这给女士们足够的时间了吗？"他低头看了看他旁边的母亲，他母亲点了点头，他看着她的眼睛也点了点头，继续说道，"好吧，好吧。"他像一个乐队指挥一样拍了两次手。这些话将教会里的人都打发走了，他们三三两两地开着车离开了，没有一个人再拖延，尽管阿罗玛还在那里坐了几分钟，看着人们离去，看着贝尔。

她花了不到四十五分钟的时间就做好了西兰花鸡肉拌奶酪——这是一个小小的奇迹，因为直到一个月前她才知道，鸡肉可以像烤饼一样放在烤箱里烤，而不仅仅是只能在平底锅炸脆了吃。当沃伦不怀好意地看着她时，她漫不经心地将两块三明治放到了一起，准备给沃伦吃。沃伦的衬衫没有扣上扣子，上半部分被脱了下来，但还是挂在他牛仔裤的腰带上，就好像他刚从里面被拎出来一样。把鸡烤好了之后，她在面包上放上蛋黄酱和大红肠。他靠在台子上，她没有理他。

"你正在做什么？"他问道。

"给你做三明治呀，它看起来像什么？"她头也没抬地说道。

"不，我是说那个。"他用被泥土熏黄的手指着烤箱说。

"那是为去教堂准备的。"她说。

"什么，你打算还要回教堂去啊？"他抬头看了看厨房的北墙上位于两个大窗户之间的时钟，马上就两点了。

"对的，"她说，"有野餐。"

“天！”他说道，“他们没有狗屎活要干吗？现在有旱灾。”

“嗯，就是因为太干旱了，所以没有太多要干的事，不是吗？”

“胡闹，”他说，“他们可以在他们的植物上吐口水或者割腕。”当她把堆放好的三明治递给沃伦时，她狠狠地瞪了他一眼。沃伦拿起三明治，走开了，没有再做更多的评论。但是接着他又说：“下次去做基督徒的时候带着大红肠。”他从房子里走了出去，她脑子里的他正在摇着头，尽管门被砰的一声关上时她没有再看见他。阿罗玛走过房间，再次将门打开。她看着沃伦三口一个地吃完了三明治，朝烟草地走了回去，边走边将一只胳膊装进了他的衬衣，接着装进了另一只胳膊。阿罗玛将一个台式风扇放到了门前面的椅子上，她坐在微风里，双腿伸展，裙子在她的大腿上飘了起来。烤箱的热量像一只手从后面按着她。她从风扇里听到的唯一的声音就是偶尔的木头翻滚的声音，尽管她不清楚那声音到底是从哪个方向传过来的。当木头断裂的时候，她数着它们被敲打的回声。

她顶着下午晚些时候的酷热开着车，在脑海里努力地回想去棒球场的方向，但是她的脑子记得没那么清楚。在她转回来之前，她拐错了四个弯，这让她一直在这个村的另一边绕圈子。她把用锡纸包着的鸡肉放在身旁的座位上，几乎没怎么变冷。她汗流浃背，衬衣的后面湿透了，她坐起来，手抱着方向盘，以便感受着摇裙子时的清凉微风。她的胃痛了，她什么东西也没吃，心脏以下充满了空荡荡的感觉。在她身体的中心，她感到一种隐隐的不适。在时间快到了的时候，她不停地看着手表，当两点半过了的时候，她感觉更不舒服了。所以她深呼吸，让自己平静下来。她一次又一次地深呼吸，直到最后她转到了正确的路上，她可以从远处看到棒球场上布满淤泥和尘土的菱形内场。当她快要接近棒球场的入口处时——她甚至已经把脚从油门上放下来踩到刹车上了——她可以看清教堂的人们熟悉的身影，以及从人群中认出贝尔来，因为他站在那里，比其他人足足高出了一个头，她把头转了过去，就好像下定决心要完成某个其他目的一样。她把脚继续放在油门上，径直地向前开了过去。她眨了眨眼，但没有将头转向左右侧，只是抬起了左臂，将它放到了窗户上来遮盖她的脸。她屏住呼吸，接着，迅速地将车开了过去。当她绕到路远处那一头的弯道时，她踩空了油门，轮胎开始急打滑，在通向一排树的柏油路上留下了突然擦撞的痕迹。她从后视镜里看了看自己，她的眼睛睁得大大的，脸上却挂着无辜的表情。接着用她移动着的那只手将镜子朝车的顶部倾斜。她加速的时候，包鸡肉的锡纸在风中吱吱作响，不论怎样，沃伦会吃掉它的。如果他问为什么把鸡肉带回来了，她会告诉他真相，她突然有一种很神秘的感觉，她觉得自己忽然病了，再也走不动了。

这次她故意走错了路，所以她开了很长的路才回到农场。她把收音机打开，又把它关上。当她从树丛里穿出来的时候，路在热浪中呈现出波纹，她把一只手伸出窗外，像乱抓着羊毛似的抓着一把把的空气。她开过了一条两边都是树的路，东边是被薄薄的一片蓝色的烟雾萦绕着的群山，她的左边和右边都是宽阔的田野。她的眼睛已经厌倦了看到烟草吸着干燥的毫无水分的土壤，但是没有别的东西可看。这儿没有房子，甚至连谷仓也没有。这些都是比他们的农场更大一些的农场，比爱玛和沃伦的父亲经营的农场更大。她突然在心里想到，“会不会就是像在这样一条空旷的马路上，爱玛和卡西……”她意识到她甚至都不知道他们是在哪里死的，只知道那儿离农场不远，是在靠近村里最高点的某个地方。她想起了沃伦，他每天至少要开着他的货车到杂货店，或者一直开到汉斯维尔去一次，到那些地方去取回某样东西，他是不是会路过那个出事地点呢？当他看到那个事发地点的时候他应该想什么呢……这是她第一次想到所有这一切。接着她突然想起来他是他们家里剩下的最后一个人，他是一个曾经复杂而逐渐变淡了的整个家庭的血脉的精华。他的整个家庭现在只剩下他一个人了。她也是她们家里的最后一个人，但她从来没有这样想过自己，她完全没有想过那么多。阿罗玛只是通过听说曾经在她身上发生的事情，才知道了一点失去的味道，但沃伦却是在那个不可消逝的瞬间亲身经历了那些重大的变化，在那一瞬间，钢板被撞得像一块硬布一样到处是褶皱，那一大块金属偏离了它原来的位置整齐地滑向了挡风玻璃。现在沃伦就像是这样一个人，他还没有接受这件事情结束了，这件事开始了但还没有结束，他还没有从那条空荡的路上听到他们最后的遗言……阿罗玛糊里糊涂地让脚从油门上松了下来，卡车慢下来了，在她意识到自己做了什么之前，卡车几乎停下来了。她眨了眨眼，从周围的环境中清醒了过来。尘土从道路两侧的土壤中被吸了出来，轻轻地落到沥青路面上，旋转成极小的漩涡，被风勉强地吹动着。她看到了一棵奄奄一息的树。她睁大眼睛想着夏天的不顺，想着夏天带给人们的遗憾和同情。她突然渴望一切都能好起来，为了她自己，为了沃伦，为了任何一个曾经死去或者将要死去的东西。就在这一瞬间，就这一次，她想待在房子里。她把卡车推到第三挡时用力过猛了，当她将脚毫不体谅地踩到油门时，发动机吃力地运转了起来。她踩油门的时候就好像她不能足够快地将车开回家，就好像回到那儿天不会干一样。

一个星期过去了，阿罗玛在等待中开始变得疲惫。当第一片黑云吞没西北边的地平线时，她压根就没有感觉到松了一口气。起初她甚至都没有注意到这个，她站在炉子边，背对着外面，头低着。她没有感觉到空气里的电荷，没有感觉到空气在互相摩擦，不知道风吹起来时打破了宁静。只有在听到身后沃伦的声音后，她才开始注意到这些。他突然出现，在门槛那里踌躇不决，手里抓着旧木头，身体向后仰着，他的轮廓映衬在没有风雨的明亮的蓝色天空里。

“阿罗玛！”他叫道。她在衬衫的两边擦了擦双手，跟随着他。他跳下混凝土台阶，消失在房子一边的周围。她发现他站在草坪上，眼睛向上看着，他的头顶向后倾斜着。她伸手去触摸破旧的墙壁好让自己站稳。在他那边，她看到了地平线那边乱成一团的云，成巨型块状的大暴雨云块已经默默地聚集在那里大半个小时了。

“看！”他指着那边，就好像阿罗玛的眼睛没有看到一样。他们站在那里，凝视着它。即使他们站着的时候脸也向上仰着，第一股风吹了过来，空气中的热量被这一抹新的清凉冲走了。

“要是天又变回去，又转好了怎么办？”沃伦一边说一边手插着腰朝她半转过去。但她只是耸了耸肩，因为这不是一个问题，根本不是，只是希望，又害怕希望。

“现在过来吃饭。”阿罗玛命令说，被地平线那边狂暴的情形微微吓到的沃伦已经跟着阿罗玛的步子来到了厨房，他从她的肩膀扭过头一两次，看着正在变化的天气。

“我现在吃不下任何东西。”沃伦在阿罗玛后面叫道，但是当阿罗玛走进餐厅坐到餐桌旁时，沃伦已经不情愿地跟着她走了进来。每经过一扇窗户，他都会停下来看看。

在阿罗玛吃着自己的通心粉和沙拉的时候，他们谁都没有说话。沃伦讲的是真话，他吃不下，他只是将叉子握在手里，像一匹难以驾驭的马在椅子下面一会儿把脚放这边，一会儿把脚放在那边，他靴子的后跟碰到木头发出啪嗒啪嗒的响声。阿罗玛嚼东西的时候闭着眼睛，尽量不理他，但是她仍然可以从她的眼睑看到他的每一个动作黑色的阴影。她再次睁开眼睛，不情愿地看着他，看着他低下头透过餐厅的窗户向上凝视，搜寻着在他们那个小房间的方向正在变黑的天空。他的嘴几乎没怎么动，但她也找不出什么话说。

突然，雷声响彻了天际。

“天哪！”沃伦说道，他站起来时太快了，椅子都被刮到了，在他身后咔嗒一声倒下。他让椅子就倒在那里，大踏步走到了厨房门前，接着又以同样快的速度走了回来，抓着阿罗玛的胳膊将她从桌子上拉了起来，拉着她的手走到了门外，进到了滚滚而来的暴风雨入侵时反常的黑暗中。大得像子弹似的雨滴正在开始下落。“哦，不！”她说道，一边说一边往回拉。他依然拉着她的手，领着她下来穿过柳树，柳树长长的叶子从白房子那边像溪水一样流着。阿罗玛趺趺撞撞地跳着走路，大踏步地跟着沃伦。她努力地想把手拉回来，一半是因为她很生气，一半是因为疼痛，但是沃伦坚定地握着她。当雷声再次在他们头顶上炸裂开来时，她大叫了起来，她很高兴沃伦正紧紧地握着她的手，紧得让她手都痛了。在湿漉漉的草地上和一排排的烟草中间，他们脚下的土壤是灰色的，但是现在土壤里布满了密密麻麻的雨滴，雨滴落下时，整个农场都变成了灰色。

“暴风雨要休息一会儿了。”沃伦说道，放下了她的手。

“沃伦，”当沃伦走开时，阿罗玛说道，“在我们被闪电击中之前，我们应该回到房子里去。”他好像没有听到，只是在那里不停地转着身，正努力地看到整个农场。在边看着边转身的时候，他的脸舒展开来了。

接着，第一场满满的雨落了下来，阿罗玛的头发和衬衫被一阵突然吹过的风鞭打着，接着在另一个瞬间，她的头发上、衬衫里又灌满了雨水，这让她的胸部和腹部都感到很冷。

沃伦走到田野里更远一些的地方去了。

“谢谢！”他对着老天说道，仿佛是在祈祷一样。他将紧握着的双手一起放到了自己的前额上，闭上了眼睛。他的脸因为松了口气而变得神采奕奕。雨水淋湿了他的额头和双手，他的嘴唇分开了。阿罗玛举起一只前臂放在她的眼睛上以挡住扑面而来的雨水，但是她没有微笑，她的心里没有感激之情。她只是看着沃伦舒展的面容，那是天空从他身上诱发出来的神情，在他们四周，满满的雨水以连续的不稳定的节拍敲打在植物和被烤干的土壤上。阿罗玛朝房子那边后退了几步，眼睛却依然看着沃伦。带着一种令她感到惊讶、她也从来没有预见过的、郁郁寡欢的感觉，在她转身的时候，她的脚对着一棵植物踢了出去，植物靠近土壤的梗心晃动着。植物没有倒下，但是被伤得很深。植物那充满生命力的亮绿色里层显露了出来。她扭过头去害怕地看了沃伦一眼，但是沃伦跟她离开的时候一样站着没动，将手放在他脸的前面。在离沃伦更远的地方，群山被笼罩在暴风雨铅色的云层里，这让山脊也与阴霾交融到了一起，营造出了一片无疆无界的黑暗氛围。

当沃伦终于走进了那栋房子的时候——当他走的时候，他急速地跑进了风雨中，风和雨像骑兵团似的先是向下冲到了丘陵地带，在那里雨和风都变大了，接着风雨在产煤区域上方消散了——他浑身上下都湿透了。阿罗玛让他在厨房里脱下了牛仔裤和扣着纽扣的衬衫，并努力帮他剥下了吸在他皮肤上的那层湿湿的纤维，直到他身上除了挂着一条白色内裤和像鹅肉般胖嘟嘟的肉之外，再也没有其他什么了。甚至在他脱光衣服全身裸露着的时候，他也没法停留在同一个地方，他抓着剥落了的窗台，向上向外看着正在鞭打着万物的暗灰色的天空，惊奇地摇了摇头。“该死的！”他看着天的时候一遍又一遍地重复着这个词，他说的时候带着感激，以及某种与山脊线下面的万物一起共享的某种幸运的感觉。

星期五下完第一场雨之后，星期六又下雨了，后来的日子里，雨一直下着。天上涌满了黑色的水槽，大云层波浪般的腹部搅动着，一直不停地向西北方向滚动，在农场那里才散开来。雷声来得如此之快、如此之猛，阿罗玛走到房子的周围时，把头缩了起来，双手在耳边准备着。在最糟糕的时候，雷声听起来就好像上帝从树木的根部扯起了生长多年的树木，然后用树木的力量鞭打着大地，大地的四肢发出的破裂之声一遍又一遍地从土地上传开来，雷声的余震在天际此起彼伏。一阵狂暴的云过去后，接下来又是滚滚而来的云，所以他们的神经得不到片刻的安宁，也看不到太阳。好几个小时，光以炽热破碎的线条不停地在天空中划着条纹，有时候在夜晚也是如此明亮，一直持续，一个人都可以借着光读书了。在他们躺在床上睡觉的时候，阿罗玛曾经像开玩笑似的跟沃伦表演过借光读书。

星期六下午晚些时候，沃伦坐在餐桌上算账，他一边算账一边转过身去，每隔几分钟就要去查看一下窗外的天空。阿罗玛站在前面的门廊里，几乎没有针对那阵歪风做任何防护措施，因而她的臀部是干的，但是她光着的双腿被雨水鞭打着。她看见了一朵漏斗云。有那么一阵子，她能看见的一切就是雨水缓缓地落向地面，但是在她站着的房子上面，雨仍然下得很大。在接下来的一瞬间，那朵漏斗云出现了。到她弄清楚那到底是什么的时候，她震惊得不动了。那朵云不是很大，它从低低的云层一直延伸到草地那边，现在看上去是满满的一片非尘世的绿色，映衬在使天空恶化的浅黄色的光里。它在那里震动着、扭转着，好似在前进，但是阿罗玛依然迈不开步伐。带着一种后来会吓到她的平静，阿罗玛直接透过这朵漏斗云看到了另一边的树，她突然明白了，就好像这种想法是她天生就有的，漏斗云破坏性的爆炸也是上帝的创造，农场里的尘土、她那被袭击的脸和所有其他活着的东西都是上帝的创造。这种看法让她着实吓了一跳，接着她向后大退了两步，但是当她向门那边走去时，沃伦的名字已经在嘴边了，那朵云像大象的鼻子一样摇摆到了一边，接着吐出了它已经吸入的草地和树枝，接着慢慢地旋转上去回到了云层里。

在那之后，阿罗玛让沃伦把电视机从小房子里拿上来——沃伦去做了，再次让他的皮肤在雨水里浸泡了一次——这样他们就可以把电视机放在卧室的地板上，将音量调小，正好可以看天气。如果龙卷风再多次来了的话，几乎不用任何警告，他们可以绕着房子的一边逃到地下室去。在沃伦伴着房子屋檐边如女高音般的风声睡着了很久之后，她躺在被蓝光照着的黑暗里，越过他的身体看着屏幕。她想知道是不是所有的男人都会在如此胁迫之下睡得这么香，这么快就相信他们自己的身体，闭上他们的眼睛，无视一切。但是她不知道任何其他的男人，她没有看到过他们睡觉的方式。当她看着屏幕的时候，她在想如果让其他人睡在她的身边会是怎样的感觉，或者甚至让他进到她的身体里面，如果那样会证明她的幸福的话，那种她内心深处从来没有诞生过的感觉。她看着沃伦，看着他的后脑勺，看着他弯曲的肩膀，在肩膀处，沃伦把他的右臂伸进了他的胸前。然后，她在他后面向前靠近了一点，让她的身体完全弯曲成他的曲线，挡住电视闪耀着的蓝光，将她的头压进他的胳膊和枕头，来挡住正在下着的暴风雨，来阻止自己刚刚的想法。她在那里躺了很久，试着不去想。最后，她带着警觉睡着了。清晨时，雨已经停了，她去了教堂。

在回响着“阿门”、祷告的人像诉苦似的礼拜仪式结束后，阿罗玛走过停车场来到她的卡车那边，并向路过的人说着再见。贝尔从她后面走了过来，当他跟刚才路过的人说话时，她听见了或者感觉到了他那粗糙得像砾石般的声音，她知道是他。她已经到了她的卡车前面，她把手放在门把手上，假装不知道他在那里。即使在她这样做的时候，她也感到愚蠢。当贝尔叫到“阿罗玛小姐”的时候，她转身了。

"在你走之前，"他把手伸进裤袋里，在一堆叮叮当当的硬币中搜寻着，直到他找到了他要找的东西，"我有东西给你。"

"什么？"她无法掩盖那听起来很高兴的声音。

"嗯，你每天都来这里，"他说，"你比这个时间更规律……"他摇了摇手，让他的银色手表响了起来，"而你是这个教堂里的雇员，唯一的雇员。你知道我没有什么要祈祷的。我想我可以给你一把这栋建筑物的钥匙。"他伸出一只手，一个小金钥匙像眨眼似的闪烁了一下。她伸出手，他把钥匙放在了她的手掌心里，在他看着她说"我相信你"时，他的指尖刷过了她的手指。她把手握成拳头的形状紧紧地包住了钥匙，钥匙的边缘像牙齿咬到了她的肉。

"现在你可以在你喜欢的任何时候来练习弹琴了，但我认为晚上最好别来。"接着，他笑了起来，就好像他说了什么有意思的事一样。他突然停了下来，就是这个笑声和他不会让自己这样尴尬的方式使阿罗玛完全明白了。她抬起头看着他，以不亚于窃窃私语的声音说："谢谢你，贝尔。"因为从她的嘴里听到了他的名字，他脸红了。

他突然转身走了，但接着又停了下来，犹豫了一会儿，她不知道他到底是要过来还是要离开，然后他又转身面向了她。他们之间依然保持着两步的距离，他打量着她脚下的地面。

"我有一件事要问你。"他说。

"什么事？"她问道。

他叉起腰。"嗯……"他现在向上看着，没有看她，而是看着她上面的天空。这是他有时候布道时的样子，就好像他这样布道时可以从教堂的横梁上找到上帝的影子一样。"嗯，那天当我们大家……当我们大家去野餐时……"

她眨了眨眼睛，就好像有什么很重的东西粘在了她的眼睑上一样。

“嗯，我看到你开车过来了，”他说，“我看到你开车过来了，但是没有停车。我只是，我猜，我只是想问那是为什么。”他现在终于正面注视着她了。

有那么一会儿，她只是用舌头顶着她下面的牙齿。

“我不知道，我想我只是害羞吧。”她终于说话了，当她这样说的时候，她极其憎恨自己，因为这不是真的，她只是被他的这种谦和诱导了。她低下头，看上去并不像有所保留。

“嗯，”他又说话了，“你没有停下来说话，你没有跟教堂的人待在一起，这都太糟糕了。”阿罗玛低着头站在原地，贝尔也没有动，只是站在那里盯着她，她抬起了头。他的目光是如此直接，她感到自己无法迎接他的目光，于是她寻求着他脸上一些小的细节，他那直挺的鼻子，那浓密的眉毛非常黑。她没有察觉到自己在微笑。

“贝尔·雷。”一个声音叫道，贝尔转过身，阿罗玛朝他的肩膀周围看去。贝尔的母亲站在十英尺开外的地方，虽然有很多人围在她的周围，她却给人一种她只是独自一个人站在他们中间的奇怪印象。她把《圣经》抓在手里，压在她那低垂的胸上。

“怎么啦，妈妈？”贝尔问道。

“贝尔，我需要你。”当她这样说的时候，她没有看着阿罗玛，只是看着贝尔。他朝着他的母亲那边迈了一步，接着，好像突然记起他一直在跟阿罗玛说话，便再次面对着阿罗玛说：“如果你能随心所欲地练习弹琴，我会很开心的。”接着，他转过身去，跟随着他的母亲走到了人群中，这样人们就可以围着他了，阿罗玛只能看到他那黑黑的被阳光照着的后脑勺。

阿罗玛发现，她在围绕着房子工作得越是卖力，她就越能从那种微微的乐趣的刺痛中得到缓解。一切都进展得如此顺利，她都完全忘记发生过什么了。她已经会早上和沃伦一起起床，给他做早餐，煮咖啡，现在她还和他一起走出房子，下到谷仓。在那里，她像沃伦给她演示的那样，把牡蛎壳跟鸡饲料混合后撒在铺满了干草的谷仓地板四周。她不能说她很喜欢这些，但是几周过后，这看上去不像是什么苦差事了，尽管因为每天都要面对这些蠢事而有点伤感，因为每天都会有新的小鸡被孵出来。当沃伦重新造了一个可以从鸡笼通向地面的小坡道时，一只正在下蛋的鸡从坡道走上来时摔了下来，不论怎么啄食和寻找都未能帮助它再找到鸡笼，因为它在鸡笼的下面。所以阿罗玛抓起了它，将它放回坡道上，好让它可以再次跌落下来——她讨厌碰到鸡，讨厌感受鸡强劲的翅膀上发出来的那种令人意想不到和令人苦恼的力量，因为鸡的翅膀被血管和羽毛弄得到处是褶皱。最后，她将鸡笼重新放到了谷仓的地面上。但是除了这件事之外，她发现她实际上喜欢到处找鸡蛋，在将鸡蛋放进篮子里或是放到她裙子的褶皱里之前，她喜欢把它们捧在手里，鸡蛋在她的手中平滑地躺着，她认为淡黄褐色的蛋壳比白色的蛋壳更漂亮。当清晨的光用力穿过板条墙上布满斑点又破裂的木板时，她打量着它。光像粗纺的丝似的投射在白泥沙上。当清晨的太阳照亮了盘旋在安静的河面上的薄雾和小昆虫的时候，它捕捉到了谷仓里的泥沙并照亮了它。当她把鸡蛋装在她用裙子做成的摇篮里，让它们靠在她那白白圆圆的肚皮上走回房子里时，那是一段非常美妙的行走。在清晨几乎还没有到来，新的太阳还很低的时候，在围栏丑陋的容颜还没有被明朗的日光装点之前，她感觉很好。

令她吃惊的是，她发现自己正以一个做了一辈子这些事情的女人的速度在学习做饭和打扫。她手上的亚麻子油成了她工作时的香水。她一直打算到新房子那里去打扫和整理——从那天她从那儿拿回了一些厨房用品到老房子后，她就再也没有真正看过那栋新房子，那时候她也没怎么看除了那间天花板装得很低的厨房之外的其他房间。在那之后，她一直忙着清理和整理大房子，这真的是一件无休止的工作。每当她转过身来，新的灰尘就会聚集起来，灰色的老鼠会再来做巢，老壁橱开始闻起来有湿鞋的味道，所以她根本没有空去想新房子。她很快就接受了这个事实，只有当她有能力的时候，她才会去新房子那里。就连她考虑什么时候有空到那栋新房子里去，都已经是很久以前的事了。在她打扫旧房子的时候；在她擦洗东西并为楼上发霉的浴室想办法的时候——那个浴室根本不是给人用的，她一直这样说这个浴室；在这些东西在她的脑海里同时出现的时候；她是如此沉迷于短暂的白日梦里，以至于她没有注意到贝尔的形象以明确的频率在她的脑海里浮现着，直到他成为一个被忽视的常客。甚至是在她去教堂的时候，她现在去教堂的时间比以前要长一些了，有时候她在教堂里待的时间长达四个小时。她没有意识——或者她选择了忽视——她的眼睛是如何急切地在停车场上寻找贝尔的卡车。当他不在教堂里的时候，她弹奏得那么鲁莽又不那么准确。当他没有藏在他的私密空间办公室时，她的思绪徘徊着，所以她发现自己有时候停在了五年前就背过的一首歌曲的中间，甚至有时候带着一阵不安从钢琴前站了起来，她的目光徘徊在教堂里的一排座位上，盯着窗户外面教堂的院子里看着，看着矗立在停车场一边的树，看着远处的天空。音乐将她带到了这个地方，带到了这个教堂，但是现在她朝窗外看得越来越多，而她的钢琴却弹得越来越少了。这只是发生在贝尔不在教堂里的时候，否则，她会把她所有的力量都集中在她面前的音乐上，再次想着不久后的一天，她会如何让人们收听一个音乐节目，沃伦会准备好一切跟她一起去，或者沃伦也可能没有去……这些是她在星期二下午贝尔走进教堂内殿时的想法。贝尔有时候会在门口停下来看她弹奏一会儿，但他从来没有进来过。他站在门口几英尺处，距离门口比离她要更近一点，看着她演奏。

他等着直到她练习完，然后问她："你刚才弹的是哪首曲子？"

"《莫扎特奏鸣曲》。"她说。

他走到钢琴旁边，低头看着琴键，身子向下斜靠着，按下一个琴键，朴实有力的音调响在空中。"我从来没学过弹琴，"他说，"我应该学的。"

"哦，"她说，"你想学吗？"

"我家里有一架钢琴，"他边说边直立了起来，"我们仍然还留着那架钢琴，虽然我猜想它已经有二十年没有调音了。它是一架美丽的、特别的老钢琴，是我的祖父买的，这里没有哪架钢琴是像它那样的。祖父是买给我祖母莉莉的。"他摇了摇头，"当时没有钢琴。只有魔鬼用的小提琴。"他边说边笑地看着她，然后他又回到了钢琴，"它上面有雕饰，我不知道是谁刻的，钢琴腿上也有雕饰，刻得也很好，刻的人才知道他们在干什么。钢琴的顶上也是。"

"顶上？"她好奇地问道。

"对的。"

"这听起来有点不寻常，我敢打赌那很漂亮。"她说。

当她这么说的时候，贝尔说："你想去看看吗？"她边演奏边犹豫了一会儿，接着她仰起脸，这使得窗户上的光照到了她的脸上，她的眼睛变深了，她说："我想去。"

他开着那辆旧车带她出去了，他的旧车尾部有很炫的凸起的装饰物。这是她第一次来教堂找工作时看到过的那辆车。他的土地很小，至少这片土地的种植面积不会超过几英亩，他只种植了一小块烟草地，其他的拍卖了。

"如果我不去教堂布道的话，"他说，"我会在整块土地上都种上东西，一直种到房子那边，就像他们之前做的一样。他们之前就是这么做的。但是，当爸爸开始崇拜那个教堂时，这些地就变得太多了。我们让一整块地都休耕了。”

“但是，他们甚至都没有付工钱给你。”她说。

“布道不可能不拿工资的，那是不对的。我在这里布道是亏钱的，但是我们也能勉强过生活。爸爸一直都是这样做的，我跟他做的一样。”

贝尔和他母亲一起住的那栋房子比她的房子更靠近山脊一些，这让她想起了她的学校，想起了学校嵌在早晨阴影中的样子，让她看着它的时候对泥土感到有点恶心。在房子前面，烟草从长长的种植区长了出去，休耕的田野上杂草丛生，跟从路边升起的风摇晃着纠缠到了一起。

“我不明白为什么他们把房子建在如此靠近山墙的地方。”他说，“这根本不安全。我在格兰迪的第二个表弟，当一块巨石从山上滚下来时，他的妻子被砸死了，就在他们面前，他的妻子被撞碎在了客厅里。”他摇摇头，“我总在想如果我有钱了——上帝不让我有钱——我会在那块地外面重建这栋房子……”他指着一块休耕的地说，“那样我们可以照到更多的来自东边的阳光。这对母亲来说会好一些，早晨的光对灵魂有好处，我相信这个。”

当他们进去的时候，约翰逊夫人在房子里，他们还没有走到门廊，她就已经为他们打开了门，就好像她那带风湿的手一直徘徊在门后的旋钮上一样。

“约翰逊夫人，您好！”阿罗玛说道。那个女人点了点头，脸上露出了人类脸上可以调动起来的最小的笑容。

“我带阿罗玛来看钢琴。”贝尔说。阿罗玛在想他的母亲是否发现了贝尔不再叫她“小姐”了。在约翰逊夫人从侧面看着贝尔很久的眼神中可以看出，她好像已经发现了。“就在这儿。”他说。阿罗玛跟随他走进了一个装满了家具和小古董的客厅，阿罗玛不知道该让眼睛看哪里好。装着照片和新闻剪报的相框铺满了整面墙。每一个架子上都拥挤地堆放着盘子和小动物的雕饰品，每一个柔软的表面上都堆放着枕头和毯子。所有的东西都很干净，都井然有序，但是堆积的东西却永无止境。钢琴是房间里唯一没有被装饰过的东西。她走到钢琴旁边，盯着钢琴木质的纹路表面看着，随着时间的流逝，钢琴的表面已经稍稍变黑，纹路也已经爆裂开了，在钢琴的腿部缠绕着雕饰，钢琴的顶部也是。她原以为钢琴上面会是像整个房间里摆满的雕饰品那样粗糙的雕刻——是由一个年轻的新手完成的——但是这些雕刻很平滑，每根线条可以追溯到一个错综复杂的曲线。她把手伸到了钢琴的顶部。接着贝尔掀起了钢琴的盖子，向她展示了琴键，这些琴键已经变黄了，使得围在琴键表面周围的纹理也变得有些模糊了。她以琶音音谱按下了四个键，声音膨胀着出来了，音调下垂，音质也不清晰。她在那儿站了一会儿，失望地将嘴唇皱了起来，一只眉头急躁地抬了起来。她没有抬头向上看。

“离这架钢琴上次调音的时间已经过去很久了。”贝尔一边说一边大笑了起来，这突然让她有点不高兴了。

“为什么不调音呢？”

“没有人弹它。”他的母亲说，她一直站在门口，默默地看着，她的手卷曲着放在她身体的两边。

“我楼上有我爷爷关于这个的一张照片，你等一下。”贝尔说道，他转过他母亲那边的角落，楼梯上响起了他的脚步声。

他的母亲站着没有动，但是她问道：“你之前在教堂吗？”

“是的。”阿罗玛说道，她再次低头冷静地看着钢琴，“我之前正在那里练钢琴。”

“每天都练?”那个女人问道。这不是一个问题，但是阿罗玛回答道：“是的，好像是这样的。”她突然感觉到了房间里有很多时钟在滴答作响，接着那个女人问：“你的亲人们都出生在哪里?”

“卡迪车站。”

“我在谈话中听不出来你是来自那里的。”

“的确如此。”阿罗玛用那个女人无法躲避的严厉的表情看着她，接着，就好像这个老女人不在房间里似的，她转过身去背着她，看着最近的墙上的照片。

“你是怎么来到这里的?”那个女人在她背后问道。但是贝尔的脚步声再次回到了楼梯上，他站在房间里，手里拿着一张带框的照片，相片上一个非常消瘦和高大的男人身穿黑色衣服，站在钢琴旁边，洋溢着那时候满满的青春的光泽。当她从贝尔的手中拿过照片的时候，阿罗玛感到了另一阵突袭而来的愤怒——因为贝尔不怀好意的母亲，因为贝尔把她带到了这里，因为她自己来到了这里，最重要的是因为这架破烂不堪的钢琴，一件完美的好东西里面却腐烂了。她不明白为什么每个人都会让最好的东西变得连修理都不行，她本来会以为贝尔是一个比他现在的样子更好的人，一个特别会照顾某样东西的人——这个东西可以是一架钢琴、一座老房子或一个女人。她抬头看着他：“时间不早了。”她边说边把照片还给了贝尔。她默默地祈祷着贝尔的母亲不再说什么，贝尔的母亲没有再说话，只是咬着她的嘴唇，盯着他们看着。当他们离开房子的时候，她站到了一边。

外面明亮的世界基本没有让她得到任何缓解。当贝尔将相框折好放进他那辆老车、启动引擎的时候，她跟在贝尔的后面。他们路过了一辆布满泥浆的新型卡车，它停在那里就像在这条泥巴路的前部中间额外加的一个机械品，这辆卡车是拼凑而成的，它的轮胎压痕有烟草地那么长。从后视镜中，阿罗玛看着那栋小房子、挂着的篮子、贝尔母亲的小黑影和远处的山岚一起向后消逝了。在那个女人朝着天倾斜着她的身体、将她那消瘦的脸挤到前面的空间时，阿罗玛想起了贝尔，想起了他在布道的时候站在前排座位边上的样子，就好像他正站在船首向外眺望着一样。她看着贝尔，思考着他和他母亲的相似之处。

"你看上去长得像你的妈妈，这个很好笑。"她说道。

"怎么好笑法？"

"好吧，不是好笑……是有趣。"

他疑惑不解地看着她。

"我只是觉得当人看起来会长得像其他人的时候，会很有意思。我不认为在这个世界上会有一个人长得像我。"

"哦，"他说，"我明白了。"接着，在经过一段时间的沉默之后，贝尔说，"我确信你的母亲长得和你一样。"

她耸了耸肩。

"我相信她和你一样漂亮。"

阿罗玛将脸转向了经过的土地，她咬住嘴唇，没有承认他说的话。她想到了那架钢琴，她不想恭维。

"没有亲人一定很难过。"贝尔说道。

"不难过。"

"好了，阿罗玛，现在，"他笑了，"你不用装得太强硬。"

"不难过。"她说道，态度很僵硬，"我甚至从来就没有想到过他们，不论是以这种方式，还是以别的什么方式，我对这件事一点感觉也没有。"

"我不相信，"他说，"哪怕只是一瞬间？"

"嗯，真的。"

“现在，我不相信你那样的感觉是自然的。”贝尔说道，“按照心的意愿，它不会那样做。要让心停止它的正确行为是要做出某种努力的。你知道吗？我每天都听你弹钢琴，我相信你有正确的感觉。”

阿罗玛咬着嘴唇，双眉紧锁。她对着窗外做出了一副他看不到的表情，她很生气，他逼她变得柔软一些，就像一个拇指在试压水果的柔软度一样。但她对自己的无理也感到内疚，她不知道自己到底出了什么问题，在她那纠结不清的心里，她认为她生下来就跟其他女人不一样。她身上有一些柔弱的地方，但是它以一种后天苦楚的形式隐藏得如此之深，这需要另一种苦楚来打开这一点，就像一个螺旋钻必须钻进坚实的岩石里才能使得裂缝出现。

“嗯，如果我真的没有正确的感觉会怎么样？”阿罗玛接着说道。

贝尔笑了起来，但她没有和他一起笑。他看着她。

“我怎样才能得到那种正确的感觉？”她说道。

“嗯。”他清了清他的嗓子，“这可能听起来有点矛盾，但是我认为从内心深处去找这种感觉，几乎不会是这个问题的答案。你应该到外面去寻找答案。”

“那是什么意思？”她问道，充满了疑惑。

“嗯，在我看来，你越是更多地关注你周围的人，你就越能得到更多正确的感觉，甚至是对你自己的感觉。看起来这种做法的反面应该也是对的——将你的思想放在你自己的心上来找到正确的感觉——但那不是我的看法。我这样说你明白了吗？”

她对着他弱弱地微笑着，但是她的微笑却被一种不信任困扰着，她对自己的不信任与对他的不信任一样多。

“嘿，”他突然说，“我们现在先不去教堂，让我带你去看一些特别的东西。”

“好吧。”她同意了，她感觉到她的良心在经受着摩擦，但是她不在意。

贝尔将车开向了这个村的东部，在那里，一片片绿草点缀着群山。这里坐落着铁铲把山丘，石灰石陡峭的胸部从丘陵的身体里被引诱了出来，在薄煤层和化石遗迹上，古老的绿色在石灰岩上膨胀着。山丘一层一层地向上生长，山上长满了毛茸茸、厚厚的仲夏植被。

“就在这个东边的斜坡上。”贝尔说道。在爬坡的时候，他的车挂到了最低挡。在他们向上开的时候，低躺着的农场消失了，长满树的田野在山上深绿色的树的间隙中闪着绿色的光。贝尔在开到斜坡上的墓地时，将车的挡位慢慢地降到了三挡。被各种东西装饰着的墓地跟山腰上泛滥着的绿色争奇斗艳，五彩缤纷。他把车停了下来，车子倾斜得很厉害，一半在路上，一半在山上。

“这是我最喜欢的地方。”贝尔说。他们在一小堆坟墓中间走着，阿罗玛走在贝尔前面几英尺的地方。每个竖着的墓碑上都装饰着塑料花环，它们令人愉快的人造美看上去很新鲜，一点也没有褪色，装着便签字条和照片的透明袋子用绳子绑在雕刻的石头上。在一个一八八二年的墓上有一个花环，以及一个南北联邦骑兵，他那皱着眉头的马驹在奔跑时腿向外呆滞地伸着，马蹄柔软得像女孩子的手掌一样。死人在他们的坟墓中有序地躺着，他们的鞋底朝着遥远的山脊。泥土塌陷在他们棺木狭小的空间里。阿罗玛想着这些死去的人，在他们死了之后，他们的躯体甚至还没有他们的名字重要，他们还不如一块石头更有生气。她对着这些死去的人，对着这些没有了肉体的骨架急速地呼吸着，她嗅到了炎热的绿油油的八月气息马上就要过去了。但是这个季节还没有过完，山腰上弥漫着金银花和草的芳香，还有成熟的梨发出的香味。她环顾四周，没有看到梨树，她转向墓地后面那座陡峭的山墙，山上的橡树被盖上了一层由漫山遍野的野藤植物编织而成的没有缝隙的毛毯，就好像他们——阿罗玛和贝尔——把脚放在一张想象中永远是绿色的床的边缘。贝尔从山墙指向远方遥远的农场，这些农场坐落在铁铲把山丘和连绵的厚煤层山脊之间，它们起伏不平的地表上长满了黑压压的树。

“这是我在生活中看到过的最漂亮的东西。”贝尔叹了口气说。阿罗玛充满恶意地看着他。她自己就是出生在这样的层层叠嶂中。她很难忍受这种美，她尽可能地向南俯视，但是她没看到沃伦的农场。

“当我还是个孩子的时候，我为阿瑟一家人割草坪。那是很轻松的工作，每个人每个星期都到这附近来为他们自己家的墓地割草。这里的人们现在还那样做。当我在莱克星顿时，那里的所有墓地都空空如也，都是灰色的，墓碑上一朵花都没有。我觉得那太可耻了。”

“你什么时候去过莱克星顿？”她惊讶地问道。

“我在那儿上过不太长时间的大学，差不多六个月。”

“你退学了？”

“是的，我的确是退学了。”

“为什么？”

他叹了口气，用双手擦着他那宽阔的脸庞两侧的汗水说：“我猜是想家了吧。”

她笑了。

“不完全是，”他说，“就是些空想，太傻了。太多的学习，却没有一点普通常识。我从来没有听过那么多人谈论了那么多，却其实什么也没说。于是我不想起床，我就回家了，从来没觉得有必要回学校。”

“有一天我想到那里去。”她说。

“不，你不可能受得了那个。”

“你怎么知道？”她说道，语气很尖刻。接着他惊讶地看着她，他的眼睛勾勒出了她脸的形状，接着在她含蓄地争论时的眼睛上停留了下来。在说话之前他停了好一会儿：“好吧，也许不会。”他将双臂交叉在胸前，细心地观察着她，他感到了一种若隐若现的改变，她开始转向一边，但他先开头说话了，“你这个人有点意思。”

“不，事实上不是这样。”她一边说一边岔开了话题。

“我说的是对的。”他向山那边望了出去，接着又将目光转向了她，“你好像真的很可爱，但有时候你……”

她看着他，就像一匹被车把套住了的马，她的眼睛里充满了假装的无辜。

“有时你好像被什么东西捆住了手脚，就像你不能决定你是想逃跑，还是想被带走。”

过了很长时间，她才意识到自己已经解脱出来了。她开始大笑起来，快乐和她内心的恐惧保持着精准的平衡。“你让我听起来像是一条流浪狗。”当她终于喘了一口气的时候，她说道。他看着她，脸上绽放出了困惑的、不情愿的笑容。

“嗯……”他说。然后她再次开始说话：“是啊，但是说实话，你在这个世上到底有谁呢。”她说这些的时候假装是一句玩笑话，而不是一个认真的询问。他感到无能为力，站在她旁边，任由她的谎言随着她那咯咯的笑声混了过去。他弯下身子，捡起草地上已经脱水的草，不高兴但是轻轻地扔到了她身上。她大笑了起来，如释重负地大笑起来，他只是发现她是个奇怪的人，但还没有发现她在欺骗他。

第二天早晨，当阿罗玛走进谷仓时，她发现小鸡四散在谷仓的地面上。她心神不宁地想了一下，它们一定是在装死。她大叫了一声：“嘿！”但没有一只小鸡动弹。

“哦，该死！”她旋转着身子，四处搜寻沃伦。在她无精打采地拖着步子走到谷仓的三十分钟前，沃伦就已经离开了房子。她在她站着的地方听到了拖拉机的声音，他仍然在那里翻耕着休耕地南端的土壤。当她再次转回身来时，她还抱着一丝小鸡们可能站起来的希望，但它们还是死了。

“哦，麻烦了。”她跑出了谷仓，连门都懒得走，直接翻过牧场的栅栏，双臂挥舞着越过烟草地的顶部，跑着来到了休耕地已经潮湿的苗床上。沃伦看见她来了，她抬起手，但沃伦没有关掉发动机。他看着她正跑了过来，她的衬衫从牛仔裤的腰带上松开，马尾辫向下甩着。

“有些鸡死了！”她大叫道。

“什么？”他喊道。她指着拖拉机的转向柱，他关掉了发动机，发动机嗡嗡地响着，奄奄一息地抖动了几下之后就熄火了。

“死了多少只？”他问道。

“我估计有七只。”

“哦，见鬼！”他边说边从拖拉机上纵身跳了下来，向前走了不到半步，接着就跑回谷仓。阿罗玛跟在他后面跑着。到了谷仓，沃伦站在那里，审视着躺在地上的小鸡，小鸡黄色的小腿僵硬地向外伸展着的样子很滑稽，阿罗玛脑子的某些部分发现了这一点，虽然她不愿这样想，她没有笑，沃伦也没有笑。

“哦，该死！”沃伦一边说着一边弯下了腰，近距离地看着这只鸡，然后用靴子轻轻地推了推它，“如果我们这里有病源的话，即使七只小鸡已经死了，我们还将失去它们当中的最后一只。”

“哦，不！”阿罗玛说道。她环顾四周看着其他的小鸡，她很担心现在它们也会在她的视线中倒下死去。四只鸡坐在鸡窝里。一只鸡跑开了，它的头在死去的小鸡中像癫痫发作了似的上下摆动着。

沃伦走到了孵蛋的鸡和它早期孵出来的小鸡旁边。聪明的小鸡仔在更黑一些的母鸡周围飞奔着。当沃伦靠近这只母鸡的时候，母鸡黑色的眼睛洞察着它周围的空气。沃伦慢慢地后退了回来，继续向下凝视着一只死鸡，接着他急速地弯腰蹲了下来，将手摊开摸着小鸡尸体周围的地面。

“是用湿的东西喂它们的吗？”

阿罗玛茫然地看着他。他走到了饲料袋那边，但是当他这样做的时候，他的眼睛从来没有离开过她的眼睛，他的身体坚定地移动着，这让阿罗玛屏住了呼吸，她不得不抑制住自己的身体，以免自己伸出手去拉住沃伦。看他的身体她已经明白了，她一向如此。沃伦看着饲料袋说：“哦，看在老天的分上，阿罗玛，那个该死的饲料是湿的！”当沃伦这样说的时候，阿罗玛已经将她的双手绝望地放在了她的喉咙上。

“哦！”她说道，声音像笛子一样轻。

“把它放在门口那边到底要干什么呢？”她从没见过他的眼睛睁得如此大。

“把它放在上面的框子里的话，我看不到。”阿罗玛哭着说，“我什么也看不到！它是……”接着她只是停了下来，可怜兮兮的样子。她向下瞪了一眼那些小鸡。什么样的动物会吃坏了的饲料呢？饲料放在谷仓门那里的时候就已经湿了一点了，她怎么会知道那个……

“湿的饲料会让小鸡变成这样。”沃伦边说边用手指着小鸡，那些小鸡死后看上去比它们生下来时更愚蠢了。当阿罗玛不情愿地随着他手指的方向望过去的时候，她简单地想了想。

“哦！”她说道，她的语言中夹杂更多的是呜咽声。沃伦只是站在那里，等她说更多的话。接着，他发出了一声奇怪的叫喊，将一只手举到了他的前额上，几乎不带任何克制地用力地向上拉着他的头发，好像要将它从根拔起一样。然后他走到了隔栏那边，在摆着长柄的工具墙那边，猛地拉出了一把宽的扫帚。

“我会自己来喂这些讨厌的母鸡。”他说。

阿罗玛突然抬起了头。“不准骂我！”她尖叫着，接着从谷仓里跑了出去。他任由她离开，但是她跑了不到五码的距离便突然转过身来，灰尘从她的脚下飞扬了起来，她跑回沃伦已经开始清扫潮湿饲料的地方。在沃伦还没有意识到她在那儿的时候，她从他的手里猛地夺过扫把，开始用力地在地上扫着。饲料、干草和粪便盘旋在空中。她一不小心碰到了一只仍然还活着的母鸡，母鸡尖叫了起来，像疾风骤雨似的卷起羽毛和飘浮着的沉淀物飞到了谷仓的梁上。

“把扫帚放下，阿罗玛。”沃伦说着，他现在冷静了些，用两只胳膊抱住了她。

“不！”她说道，用一只手将扫帚猛地扔到了一边，并用另一只手捶着沃伦胸部隆起的地方，这让沃伦不得不后退来躲避她。接着，她用激烈的动作打扫着地面，但现在她的动作稍微柔和了一些，把被水泡胀了的剩下的饲料都聚集了起来，扔到了垃圾桶里。

“好吧。”沃伦在她身后说，接着他回到隔栏那边，拿起了另一把扫帚，他们一起扫着谷仓，但是彼此背对着背，这使沃伦没有看见阿罗玛眼中的泪水。

那一天晚些时候，阿罗玛算了算她弹钢琴赚的钱。钱不多，但她还是开车到了饲料店，站在后面的卸货平台上。她知道那里有一袋袋的饲料，还有很多饲料被扔进等候着的卡车车厢里。她在那里等着，但是没有人出现。她走进了那栋建筑物，一个小铃铛在她后面做出了大声的宣告。她沿着地面上一条浅浅的排水沟走着，地面已经布满灰尘的隔板被走过的男士靴子踩烂了。她品味着空气中的灰尘和动物已经散去的了、不再令人讨厌的味道。她小心翼翼、面无表情地走到登记台。两个男人站在那里，其中一个人按下铃铛把另一个人叫了出来。那个头秃得像建筑物尖顶的店员抬起了头，在他那害羞的眼睛开始晃动之前，她说："我需要买小鸡。"第二个男人把他的钱夹子放进了他后面的口袋，扭过头来看了看，又把头扭了过去，接着又看了看。然后他完全转过身子，靠在柜台上，他的双腿伸展得很开。他没有红头发，但是他的脸上却长满了雀斑。

店员靠着一边，凝视着另一个男人的肩，说道："女士，你需要邮购鸡。它们会被装在箱子里寄来，你想要多少只鸡？"

"我要七只会下蛋的母鸡。"她说，这句话听起来像是在提问一样。

靠在柜台上的男人都不用张开嘴说话，他的嘴巴一直张着。"嘿！如果你实在想要小鸡，我有一些小鸡。小鸡或是下蛋的母鸡或者任何你想要的鸡。对的，哈！我有一整堆各种各样的鸡。我几乎不能忍受看到它们了。我甚至都不吃鸡蛋，我看到它们想吐……"他将头转向店员，"咳！我有病。"他的声音听起来更像是在发牢骚而不是在谈话。

柜台后面的人咳了一声笑了起来。"绝对不会给任何女孩子挑病了的母鸡，女士。"他说。

"多少钱？"她对那个早就准备讲话的男士说，一边在她的口袋里找钱，把手掌伸了出来，"这些够吗？"

"咳！"那个男人说。

"能买到比你想要吃到的鸡蛋更多的母鸡。"那个店员说。

"我需要七只。"她说。

"你的鸡蛋卖给谁呢？"店员说，但是那个男人打断了他的话："嗯，如果你想要鸟的话，我也有鸟。我自己有一大块老地方。我敢打赌如果你开车上过 52 号公路的话，你一定看到过它。你开车时经过那条路吗？我有一大堆土地在那里，我有一栋大房子。我有比大多数人都能够应付的更多的土地。”他边说边转向了店员。阿罗玛看到他眨了眨眼睛——当他努力眨一只眼睛的时候，他的两只眼睛都眨了起来——他用三根手指向店员做了个敬礼。阿罗玛在他后面闲逛着走出了商店。从门上面的那个半月形的镜子里，她看到店员在看着她离开时，用手漫不经心地不温不火地挖着鼻孔。在外面，那个男人说：“我的家离这里大约两英里，在52号公路的左边。首先，那是一个没有人会错过的大地方。你会看到的。嗯，那差不多就是最大的地方了。烟草占多数。很贵。捆一吨就可以拿到一笔钱了。我正在准备给自己造一栋新房子。”他把脸转向一边，吐了一口口水，又从嘴唇上擦掉了两个像松香般棕色的口水沫。阿罗玛什么也没说，只是像少女一样笑了笑，他把纸袋子扔到了他卡车的前排座位上，并将一只穿着靴子的脚踩在了司机那边的踏板上。他说：“好了，亲爱的，不要迷路了。在我的车正后面跟紧点。我开车速度比规定的速度更快，但是我都还没有吃过罚单。我从来没有被警察收拾过，一次也没有。除了方便，我开车时从来不为任何事情停下来。我不知道你能不能跟得上我，我不会慢慢开车，我甚至不会为任何一个女孩慢慢开车。”当她走到她的卡车上时，他看到了她空空的车厢，他说，“嘿！你有没有鸡笼？”

她说：“哦，我没有，我没有。”

“没关系，我想我可以把它们送到你住的地方去。”他把烟在嘴里放好，“你住在哪里？我敢打赌我知道那个地方。”

“烧山岭路十四号，”她说，“山脊下面的那栋白色的房子。”

“咳！”他说，“那个老地方？”她看到他的思维是如此活跃，就好像他的头已经被劈开了在做展示一样。他准备说话，但是停了下来，他的嘴巴打结了。他咧开笑着的嘴让他的整个脸都显得神采奕奕，他只说了句“那个地方不算太大”。

“你在路上看不到所有的土地。”她说。

“嗯，哈！”他说道，“也许……不过，我不想要像那样的低洼地。我的爸爸住在桑迪霍勒，你知道那是在哪儿，当大雨将他们赶回来的时候……咳！当这一切发生时我并不在场，但是他们被冲了出去，大泥浆从山上冲下来，他们从床架和水桶上游了出去……”

“对我来说已经足够大了。”她说。

“哦，是吗？”他的嘴唇凸了出来，中断了口里吸着的香烟。她眼睛向下看着，微笑地表达了歉意，钥匙在她的手指尖轻轻地晃动着。接着他大摇大摆地回到了他的座位上说：“咳！”就像他的卡车是一匹马一样，他用力地启动着发动机，开大了油门，“好吧，如果你可以的话，就过来赶上我吧。”他说道，他开车的速度跟他显摆的一样快。她跟着他沿着一条蜿蜒的小溪开了下去，来到了 52 号公路上。在那里，群山在她的后视镜中变成了平坦的朦胧的蓝色。他们将车开进了砾石车道，路过了两栋白色的流动住宅和一栋两层楼的房子。在房子的后面是一个新的带复式屋顶的谷仓。那个男人车头向后将车停下来，他卡车的车床面对着带着阴影的谷仓里面。下了卡车后，他便朝她转过身来，在她面前伸展了一下手臂，他的衬衫被拉了起来。她看到了他腰下面长着一排毛发。他看着她从方向盘后面滑出来，他咧开嘴笑着，点了点头，就好像她说了一些他喜欢的东西一样。接着他转身走进了他的谷仓，向后转过一次身拍了拍他那条已经磨破了的牛仔裤。在草坪上面，他发现了他的笼子，他把笼子递给了她，接着他半滑半跳着地走了下来。在一个匆忙的快跑之后，他用力搏斗着抓住了几只母鸡。他先检查了一下它们，看了看哪只鸡该保留，哪只鸡该丢弃，他把每一只鸡都举起来给阿罗玛看了看，给每只鸡一点奖励式的小小的抖动，这把它们惊吓得尖叫了起来。“小心点，亲爱的。”他说道，接着他像打仗似的将它们塞进了笼子里，她认为这比他本来需要的方式更加粗暴。它们那搔抓着的瘦小的腿和那充满敌意的眼睛反抗着，直到有七只鸡被抓住，关进了笼子里。

“真高兴它们终于被关进笼子里了。”当他抓完鸡时说道，“它们都是下蛋的好手。我只是有太多这样的鸡了。”他在牛仔裤上擦了擦双手，“我没有时间跟这些小鸡混，我甚至可以不吃鸡蛋。它们让我感到不舒服。在我周围除了我的老奶奶没有人吃鸡蛋。”他再次眨了眨他的双眼，一只眼睛眨得比另一只眼睛稍微要慢一些，“这儿一个人也没有。”他又说了一次，“一个人也没有，一个也没有。我一无所有。”

她看了看在她身后位于谷仓大门外面的土地，可以看到更宽广一些的栅栏分成了两个方向，她说：“是的，但是你有一块真的很大的地方。”他一声大笑，用一种淡淡的反抗声说：“你说得对。你说得对。”她有一张喜怒不形于色的脸，但她的脸色会随机应变。接着，鸡被装进了笼子里，笼子被放到了他的卡车车厢里——阿罗玛现在看起来，觉得鸡笼好像比真正需要放的要抬高了一些，他们从农场里走了出来。阿罗玛跟着他开回了52号公路，沿着蜿蜒崎岖的路来到了烧山岭路。当他们卷起车道上的砾石时，他的卡车扬起了两股马尾般的灰尘。白色的小花朵般的羽毛在他卡车的上面向上扇动着。但他们开到车道的终点时，阿罗玛看见沃伦出现在前廊上，一只手伸到了他的眼睛上面。在靠近房子的地方，那个男人从他驾驶室边上的窗户将身子探了出去，接着回头看着她，咧开嘴笑着。阿罗玛挥手让他停下来，没有让他继续开向谷仓。他把车停了下来，但是当这个男人突然看到沃伦时，他没有关掉卡车的引擎，而是将它推到了空挡的位置，在车上坐了一会儿，吐了一口口水，又回头看了一次阿罗玛。接着他走出了卡车，双手插在他那瘦瘦的腰部。

“你好！”那个男人说，他的声音现在淡淡的，沃伦只是朝他点了点头，他们都看着阿罗玛，又相互对视了一眼，接着都把目光放到了母鸡上。

“我给你买了新母鸡。”阿罗玛靠在她卡车前面的保险杠上说道。

“是我卖给她的，”那个男人说道，他尝试着同时看着他们两个人，但没有成功，他的眉毛皱了起来。沃伦从门廊上走下来，伸出了他的手：“沃伦·芬顿。”

“科迪尔，克里斯·科迪尔。”他回道，他们握了手，“我只是……”他向阿罗玛的方向做了一个模糊的手势，“我在52号公路那边有一个地方……现在它们全是母鸡……现在它们母鸡……现在它们当中有些是矮脚鸡，我不知道你是不是想要它们，但是……”

“体型不代表力量。”沃伦说道。

那个男人清了清嗓子。“现在它们不代表。”他说。

“是我的妻子让你走了这么远的路过来的吗？”沃伦问道，阿罗玛从她站着的地方狠狠地看着他，但她说不出话来。

“嗯。”那人边说边清了清他的嗓子。接着，他用手掌摸了一会儿他的前额，看上去有点懵懵懂懂的惊讶，就像他没有料到他的前额还在那儿。他看了看他的卡车：“她没有装鸡的笼子，又不想要任何雏鸡，只想买成年的下蛋母鸡。现在我把它们卖给了她。”

“哦，很抱歉给你添了额外的麻烦，”沃伦说道，“我完全不知道她打算去买母鸡。”那个男人只是耸了耸肩。他们一起把笼子从卡车车厢里卸了下来，把它们放到了门廊上。小鸡们焦躁不安，有些飞了起来，用翅膀连续猛烈地敲打着笼子的顶部，把笼子弄得咯咯响。当他们把鸡卸完，沃伦在他的口袋周围拍着找几块零的美元，但是那个男人举起手他的手说：“哦，不用，我们已经结清了。没有必要。你们只要将这些笼子放到饲料店就可以了，我有空的时候会去取的。”

“实在抱歉。”沃伦再次说道。

“完全没问题，就像我说的。”那个男人说道。他转身准备离开，但接着又停下来了看了阿罗玛一会儿，他的眉毛都抬了起来，半边嘴巴短暂地弯曲成一个恶作剧似的咧着嘴的笑容。沃伦看见了，阿罗玛站直了身子，很开心。沃伦将两只胳膊交叉起来。阿罗玛说：“再次谢谢你为我一路开车到这里来，我真的很喜欢你的卡车。”她带着无声的笑容说，“沃伦，你觉得我们能拥有一辆那么大的卡车吗？”沃伦只是眼睛都不眨地看着她。那个男人咧开嘴笑着说“再见”。他走进他的卡车，把车开走了，他踩了一次油门，又踩了一次。沃伦看着她，一直到他离开。

“这真他妈的聪明。”他说道。

“是，嗯，”她猛地打住了自己的话，“在我还没成为你的妻子之前不要叫我妻子。”接着她越过他走到了前廊上。在她走到门口时，沃伦说：“你哪里来的现金去买这些鸡的？”

“弹钢琴赚来的。”她头也没回地说道。她没有看见他脸上的表情，这加强了她的满足感，她知道她吓了他一大跳。

他还是让她喂鸡了。她知道他会的。他有好几天没松口，但是当她有一天走上前，来到谷仓，用她的一只手强行检查鸡饲料以确定它是干着的时候，他没有阻止她。他们再没提起过这个话题。毕竟，她都买来母鸡了。现在要死的话，死的也是她买的鸡。

她甚至都没有意识到九月的第一个星期已经到了。直到有一天早上，沃伦向她宣告——他的放松很容易从他舒展的眉宇间读出来——他一直期待他的第一次收获会在秋天到来。她看了看他们厨房的日历，是这样的。从她带着那几盒乐谱到这栋房子的时候算起，三个月已经过去了。她刚来的时候，把她白色的睡衣包在纸质的目录包装纸里。她那个棕色的袋子已经被折起来，存放在爱玛楼上的一个抽屉里。她的睡衣现在已经被洗过了很多次，胸前弯曲着的、被系成弓形的白色丝带已经被磨损，而且有点变黄了。

“我正打算今天去找些人过来。”他说。

“去哪儿找人？”她问道，眼睛朝外看着金绿色的烟草和黑色的土壤。

“在汉斯维尔的路上，他们会来帮忙收烟草。”

他转过身，朝着黄褐色的田野望去。她望着他的背，她有一半的心思想着在这天主动给他搭把手，但是她没有说，她在他的身后有所思地敲着自己的牙齿，想先从他那里得到某样东西。她对于收割烟草一无所知，这是事实。她已经证明过让她做事只会让事情更加不利，而不是帮忙，但是她仍然在等待着他请她帮忙。她自恃他会去找她这点微不足道的自信。

当沃伦赶往镇上时，阿罗玛决定，尽管天很热，她会把这一天的大部分时间用来烘焙东西，直到她去教堂。她在厨房的窗户边放了风扇，好将热空气吸出去。她一行一行地读着她的乐谱，就好像它们是书一样。面包胀起来后变成了棕色。但是她的脑子里一点目标也没有，她一整天都站在那里，走到后门向下凝视着田野。在那里，沃伦和男人们弯着腰，剪断了黄色的头和中间的叶子，将烟草梗戳穿了放到棍子上，这使得田野里排满了一排排小型的被剥去了外壳的圆锥形帐篷。在一排排烟草中间的土壤上散落着被留下的叶子，其中一个男人走了回来，把它们捡起来，用他戴手套的双手抖落着叶子上面的灰尘。在田野的南边，养护棚已经在那里等待着，它那宽阔的黑门卷动着被打开。在下午早些时候，烘焙的高温充满了房间，热不可耐。阿罗玛从房子里走了出来，她站在那里，被柳树的柳条遮挡着，别人看不见她。她在那里看着他们工作。沃伦站在那里指点着，他们在远处围着的圆圈里安静地说着话。她那时候在想，贝尔这个星期是否也在收割着他自己的烟草叶？似乎很有可能，在她去贝尔家时，他家烟草的头已经变宽变成棕色了。她必须得问问他。阿罗玛在柳树下徘徊了一会儿，她把双手放进口袋，退回到房子里，扭过头朝身后看了一次。她只想要沃伦请她去帮忙。

到三点时，她已经在每个房间里都逗留过好多次了。于是她放弃了烘焙，开车到了教堂，自己走了进去。教堂很安静，里面空无一人。她弹奏钢琴的声音在房间里回响着，她不耐烦地等着贝尔来。但是贝尔来的时候，是从后门进来的，他径直奔向了他的办公室，没有停下来。在贝尔的门关上时，她听到门轻轻地被一次关上的声音。阿罗玛等了约一两分钟，看贝尔是否会出现在门口，但他没有出现。她再次努力地让自己将注意力集中在琴键上，不过她的意志力被削弱了，她不能安静地坐在那里。她想去贝尔的办公室跟他说话——她不在乎说什么，实际上说什么都可以——但是她没有。她只是强迫自己的手指在琴键上弹奏着钢琴，直到她发现她演奏的音乐像机器的齿轮被卡住了一样，她不得不沮丧地停下自己放在键盘上的手。一种焦躁不安的心绪涌了上来。她竖起耳朵努力地听着贝尔办公室里的动静。最终她从钢琴旁边猛地站了起来，她对贝尔的沉默感到很生气，又或者她在生沃伦的气，她抓起乐谱，开车回家了。

在大房子的后面，男人们还在田野里，在长满了黄色植物的地方，烟草帐篷一行行地排列着。烟草梗被砍了下来，在太阳照耀下的棍子上枯萎了。男人们都弯着腰在砍烟草或是在戳烟草，这让阿罗玛无法分清他们都是谁。她甚至都不能确定哪一个是沃伦，直到他站直了身子，摘下帽子擦拭眼睛上面的汗水。他把帽子戴回到头上，再次转过身投入到他那毫无个性特征的劳作中去。

阿罗玛回到厨房时还是那样热那样安静。她做了烤牛肉三明治，没有给自己唱歌，也没有发出一点声音。擦掉她嘴唇上或者胸前的汗水一点意义也没有，她让汗水在她的乳房中间像一条细小的溪流流淌着。当阿罗玛端着一大盘子三明治和一坛子搅拌好的柠檬水走到田野里去的时候，沃伦和他们当中的一个人走到了养护谷仓那边。他们解开的衬衫被从他们裤子的腰带里拽了出来，所以阿罗玛可以看到太阳在他们的背上留下的痕迹。第三个人，用一片掉了的烟叶给自己扇着风，站在那里看着他们走过去。当他看到阿罗玛从一排烟草里走下来的时候，他从容不迫地扣上了衬衫的扣子。阿罗玛的裙子靠着她的双腿发出了轻轻的声音，罐子在托盘上吱吱地响着。

“太太。”

她朝他点了点头，看到了他那被太阳灼伤的脸和他长着雀斑的嘴唇，还有那吸着香烟的嘴。当他转过他那平坦的没有颜色的头时，她透过他那各种各样缺失的牙齿看到了他黑黑的嘴巴内部。

他拿了一块三明治说：“你是他的女人？”

阿罗玛看着养护谷仓，慢慢地答道：“对！”

“嗯，他一点都不好看，但是他长得真他妈的强壮。”

阿罗玛笑了，忍不住笑了。

“这对那个男孩来说是个艰难的任务。”那个男人说道。

“收割吗？”她说。

“所有点点滴滴的事情。”他从他的三明治的面包上抬起一根手指，做了一个手势来表示整个农场。

阿罗玛环顾四周，她的眉毛缩在了一起。“对的，所有点点滴滴的事。”她承认道。她看到沃伦在谷仓里面，手里胡乱地摆弄着一根码尺，眼睛凝视着屋梁。当他张开胳膊向上够时，他的身体暂时被张开了，就像展开着的某样东西，她的心痛了。她想起了她第一次见到他，他戴着帽子站在那儿，从侧面看着她，就好像在他拥有她之前就知道他会拥有她一样，只因为他仍然相信会发生好的事情。她的嘴张开了。

那个男人站在那里盯着她的脸，一只手漫不经心地拿着烟草叶子。“女孩的工作也很棘手，看起来是一些琐碎的事情。只是从你身上消磨着生命的时光。”

她的眼睛再次聚焦到了他的身上：“是的，我的意思是我受够了。”

他发出了像吸烟者含着痰在笑那样的笑声。“大多数女孩都是自私的。”他说，“听到一个人这样说也没什么不对。”他继续说道，“他说他的亲人都死了，那真是一团糟。”他朝四周看了看要被收割的植物，“我估计我们要把它割完。”

“我们要把它割完。”她鹦鹉学舌似的平淡地说道，边说边低头看着那些弯下的已经被切断的植物，甚至在她这样说的时候，她还在想，为什么呢？

那个男人只是点了点头：“嗯，当然，当然。他干得不错，是个好男人。”接着，她眼睛朝沃伦那边直直地看了过去，她没有微笑，也没有看到他，而是将眼睛稍稍转移方向，这样她可以看见面前的养护谷仓和她右边的房子。她离开了那个男人，脸上表情模糊。她把三明治和柠檬水放到了一排排烟草的中间，开始向房子走去。长着平脑袋的那个男人在她身后说：“但不要太自私，小姐，不要太自私……”

阿罗玛走到山上，回到了房子里。回到那里之后，房子里的安静和相对的有序使得她更加不安了。她从一个房间走到了另一个房间，她的动作很混乱。奇怪的是，她可以想待在这儿或是在教堂，然而她感觉无论自己在哪里，她都无处可去。她的心冷冰冰的，但是当她掏出钥匙来到卡车上，准备开车返回到教堂时，她的手却感觉像在发烧一样。她手里拿着钥匙，有一半的希望是贝尔也许会在教堂里待得久一点，这样他们可以谈谈，可以真正地谈谈。她想到了那栋新房子，有了这个刚发现的目的地，她突然转身，走进厨房又再次从后门走了出来。她要好好地看看那栋新房子。太阳现在已经斜下来了，形成了一股黄色热量的溪流。男人们正在穿衣服，围成一圈在那里聊着天，当她走的时候他们没有看见她。她朝着谷仓稳步地走了过去，接着走过谷仓，她没有进到牧场里去，这使得她来到了新房子的侧门。

她走进去之后的第一个想法就是他们可以将这个地方租出去，她不知道为什么她以前没有想到这一点。这栋房子不是很大，但对于一对夫妇，甚至一个小规模的家庭来说已经足够大了。它离大房子很远，这给予了它一些私密的空间。她不介意花时间去打扫它，因为这可以将她从大房子里解脱出来，而且不久之后，他们将获得额外的收入，这会让沃伦感到满意——如果沃伦能够被满足的话。

新房子的厨房跟她记得的一样，天花板很低，平铺着橙白色的砖。当她走进去时，亚麻地毡噼啪噼啪地响着。房间里闻起来有一股旧抽屉里面的味道。这让她断断续续地想起了她叔叔的流动住房：墙壁紧紧地贴在一起，那用了太久的荧光灯永远那么昏暗。她的嘴唇不情愿地相互对抗着。

她随意地拉开了几个抽屉，发现了她第一次过来时没有见过的更多的烹饪器具。一间小密室里装着热水器和一个老式拖把。另一个小房间里则只有一些能嗅到氨气的清洁用品。走在那个小过道时，阿罗玛经过了一个带有百叶帘的卫生间，卫生间的陶瓷水槽上沾满了黄色钟乳石般的水渍；接着是一扇门，她从门上贴着的吉他海报上知道了那是卡西的门；而最后一个房间，只可能是爱玛的了。

她走进了那个黑暗的房间，感受着从百叶窗上渗透进来的淡淡的光。床上还是乱糟糟的，一双女鞋摆在床脚，一只鞋子翻倒在一边，鞋尖朝向门前。阿罗玛走到了不流动的空气中间，她在那里嗅到了尘土和房间长期没有使用的味道，也嗅到了衣服上已经褪去了的香水残留味，衣服的主人已经不在了。在床边的桌子上摆放着一些交叉着的发夹、一个发刷、一本很小的《圣经·新约》和一张带相框的照片，照片上沃伦被他十几岁的哥哥头朝下抱着，就像被抓着的一个倒立的猪仔一样，沃伦的头发从头上垂落下来，那咧着嘴滑稽的笑容让人忍不住皱眉。

她把相框拿了起来放到手上，转身到了走廊的窗户边，在那里，她可以更仔细地看照片，但是当她转过身来时，她感觉到而不是听到沃伦走进了房间。阿罗玛受到了惊吓，差点扔掉了相框。接着她无法决定是应该将照片放回到床边的位置，还是应该离开，这两件事情她都想做。不过相反，她快速地走向沃伦，她并不是那么想向他走过去，而是不想让沃伦再进一步走进来。

"你在干吗？"他问道。

当沃伦停下来的时候，她差点跟他撞了个满怀。她胆怯地不停地咂着嘴。"嗯，"她说，"我有一个主意。有件事我想问问你。"

"在我看来你好像已经做了某个决定。"

"没有。"她说，"只是你们都很忙，我没有……"

"那不是你的照片。"

她低头看着手里的相框。"沃伦。"叫完他的名字之后，她并没有继续说话。他等在那里一点也没有动，但又像是在朝她走来。

"沃伦，"她再次开口，边说边从他身边走开，将照片放到了附近的一个书架上，这使得沃伦那张年轻的脸在这个小房间里变得开心了很多，"我觉得我们或许可以把这栋房子租出去。为农场赚一些钱，你工作太辛苦……"

"这是他们的房子。"他说。

"嗯，我知道……"她的声音中有一种微微的绝望，连她自己都可以听出来。

"我从来没让你到这儿来。"

"你确实没要我来！"她说得大声了一些，尽力地克制着声音中的愤怒。她所指的不是这栋小房子，而是整个农场和他的生活。

"这不是你的房子。"他又说了一次。

"我知道沃伦，但是我现在住在这里。"

"你不住在这儿！"他厉声说道，他走上来，紧紧地抓住她的手，然后粗暴地将她朝大厅那边拉去，拉到大厅里有一扇面向西南方向的小窗户边。他抬起前臂，她看到他的手臂上的肌肉在颤抖。"你住在那里！"他的声音让她的整个脊梁骨发冷。他朝大房子那边指着，"那里！"他又说了一次。

她没有看房子而是看着他。"爱玛和卡西再也不会住在这里了，沃伦，"阿罗玛说道，"他们死了。"一阵沉默将他们之间的空气隔开。她看着沃伦的眼睛发生了变化，他的双眼掠过她看了过去，或者说它们穿过了她一直看向她站着的那个房间。从她看到那个房间的那一刻起，她就讨厌那个房间，那种她不理解的空荡荡的感觉，但是也许有一天她会慢慢明白。她想朝着现在她在那儿看到的幻影大叫，想用力将她的胳膊挣开，但是她很小心。她轻轻地将手臂从他抓着的手里抽了出来，就好像他睡着了，她不想弄醒他一样。因为她不忍心看到他的眼睛变成那样，她越过他走到了门外。当她走进即将逝去的日光里时，她的影子投在那栋建筑物上，并没完没了地延伸着，直到它变得像标枪一样，细得足以打破。

她把脾气咽在了嘴里，但是她的怒火上来了，正在上升。她径直走进房子，爬上楼梯。她把衣服扯了下来，颤抖着站在那里冲冷水澡。她对生活带着一种悲伤的憎恨，她呆滞地站在那里发抖。她甚至都没有给自己打上肥皂，只是看着水在她的胳膊和腿、她已经变得麻木的脚上冲洗着新房子和田野上的灰尘。然后，带着一张苦楚的脸，她穿上一件旧的T恤校服和一条破烂的短裤，回到了厨房。她准备好了打架，手指上的小骨头颤抖着。

但是沃伦没有过来打架。阿罗玛猛地将门扭转着打开，除了看到热量散去后的那一片朦胧——太阳的余晖——证明太阳曾经出现过的大片红色外，她什么也没看见。当她离开那栋小房子之后，她已经拒绝朝后看了，所以她没有看到沃伦去了哪儿。毋庸置疑的是，他会回到这儿。她没法迫使自己吃饭，所以她毫无办法地坐在厨房里。厨房被正在消失的太阳照亮着，她的脚在地板上变得越来越重。然而，随着时间慢慢地滑向晚餐时间，接着晚饭时间也过去了，沃伦仍然没有走进房子。有一阵子，她让自己想象着也许他根本不会回来了。这个想法让她很心烦。接着，作为一种报复性的惩罚，她允许自己回想了在她走出来之前，沃伦脸上最后的表情。

当房间里的光线最终被黑暗所吞噬时，阿罗玛站了起来，打开了炉子旁边仅有的一盏没有灯罩的日光灯。她没有用面粉裹鸡肉便将鸡肉放进了油里，把它煎熟，她并不想吃，只是希望可以稍稍让自己忙活忙活。她站在荧光灯产生的一小簇圆形的光里。每个晚上都是这样，夜晚代替了白天，在它到来之前都没有明显的分界线，所以她不会准确地区分什么时刻夜晚会再次到来。夜晚总是不断地带给她惊喜，她开始变得讨厌它了。

阿罗玛离开了炉子，炉子上的油脂发出扑哧扑哧的声音。她站在后面的台阶上。实际上外面已经完全黑了，最远处的田野消失在群山的阴影里，黑得像夜晚一样，甚至比夜晚更黑。她等待萤火虫在植物中间发出不均匀的信号。拖拉机的轮廓在最靠近房子的大门那里站着，她观察着头上正扇动翅膀在屋檐周围斜飞着的蝙蝠。炸鸡的味道经过她飘到了户外干净的空气里，很温暖，带着发酵的味。在台阶那边，她只能闻到草的味道，在草的那一边，也许还有被砍掉的烟草腐烂的味道。她想转身回到厨房的黄灯里，但是她坐在原地，突然之间无法去在意鸡肉是否已经在油里炸好了。她感受到了身后的热量和她前面的凉气，压在两者之间，她无法动弹。她的手像苍白的空篮子似的放在大腿上。她闭上眼睛，弯着背。“他会回来的，他会回来的。”她在心里想着。

香烟的气味飘到了她这边，然后她听见沃伦从房子的另一边慢慢地走近了。当他路过房子的转角处时，她看见了他，他停下来，背靠在房子上，看着她。

“你去哪儿了？”她问道，声音低而急速。

“哪儿也没有去。”

“哪儿也没有去……”

“你在干什么？”他问道。

“等你。”

“阿罗玛。”他开口了。

“我一直在这儿等你。”她又说了一次，这次声音大了一些。

沃伦粗气地用他的鼻子呼吸着，低着头。然后他把左手从口袋里抽了出来放到了他的臀部上，他还是没有站直身子。

“你就没有什么要对我说的吗，沃伦？”

“关于什么？”他对着地面说。

“关于我们之前正在说的事情。”她催促着说。

“我们不出租这个地方的任何部分。”他说。

“你有听过我的话吗？”她的声音很酸，接着她的脾气肆意地涌了上来，“你甚至都不愿意上来吃饭。你从来就不在这里，沃伦。这就像你正在离我远去，而不是在离开你的地产。”

“不。”他说。

“好吧，你也别想让我认为你是为我才这样做的。所有这些都不是为我做的。”她说。

他抬起头向上看着，过了一段很长的时间后，他说：“你说这些话是什么意思？”

“你所做的一切都是为了他们，沃伦，他们甚至都不在这里。你在杀害自己，他们已经死了。你为什么不……”

“闭嘴，阿罗玛！”他说。

“不要让我闭嘴！”她厉声说道，已经准备好了打架。但是在她说下一句话之前，他转过身，溜到了房子的角落周围。刹那间，她从座位上站起来到了台阶上，跑着去追赶他。当他走到从房子北边的窗户里照射出来的一块方形的光圈里时，她追上了他。她有两次够到了他胳膊肘那里的衬衣，接着她用手指抓到了它。他不肯转身面对她，所以她再次笨拙地抓着他，强迫他转过身来。接着，他转过身来了，用右手的全部力量将她的胳膊扭了上来，她的胳膊靠在自己胸口不能动弹，她的牙齿在嘴巴里咯吱咯吱地响着，她被绊着向后退了几步，疯狂地向外摸索着，那里什么也没有。沃伦的表情在黄色的光线下很粗暴，他举起手，用手指指着她，他说的话都变得没那么重要了。“你，”他边说边找着词，“你这个被宠坏的婊子。你这个该死的被宠坏的婊子。”他的嗓音比他本来的声音要高一些，这不像他的声音，而像是隔代遗传来的狂怒的声音。他的喉咙像被抓住似的，一种窒息的声音被堵在那里。阿罗玛在他面前站稳，怒目相视，一场期待已久的战斗终于来到了，痛苦的喜悦在她的心中燃了起来，她的血液从身体里涌上来。他向前走了一大步。“他们砍断了我的腿，阿罗玛，”他说道，“他们砍断了我的腿，你却想要我跑。”

“但是我怎么办！想想我们！”她哭了。

"你怎么办！你对这一切一无所知，你什么也不知道。你没有感觉。你所关心的一切就是快乐。而我……"他用手的根部砰的一声重击着自己的胸膛，"我不能拥有那样的快乐，那不是一个选择。你明白我的话吗?"他后退了一步，在窗前满满的灯光下，她看到了他无法忘却的愤怒，他满脸泪水。但是他又走了回来，趾高气扬地向前走着好像要抓住她一样，但是在她面前又迅速停了下来，她不知道他是会打她，还是只想说话。他说话了："说出来然后离开，我不是那个要离开的人。"他的手指再一次指向了她的嘴，"你，你，你……"他说着，她发现自己无法转身，尽管他的手没有放在她的身上，"你，亲爱的，你才是那个打算离开的人。我只是把一个在你看来什么也没有的井挖得更深了，而你却始终向外张望着。"他把手伸向远处的黑暗，"你在外面寻找机会，阿罗玛，我不是个蠢蛋。所以不要告诉我你打算离开，我从来没有离开过我爱的东西。"

沃伦在说最后这句话的时候将身子转了过去，就好像他自己的这些话并没有触动自己，他要逃离。他走出了从窗户投射过来的光圈，这使得他成为一个模糊的形状，接着变成了一个轻快的影子，然后就和阿罗玛在看不到的地方融为一体了。她花了一会儿的时间来收拾自己的心情。她在黑暗中像动物一样喘着粗气，嘴巴干干的。她觉得自己的手臂会一直肿到骨头里。她将震颤着的胳膊折叠起来放到了肚子上，她绝望地向四周看着，眼睛睁得大大的，在黑暗中看到的任何微弱的光线都会让她的瞳孔放大。

她像一个梦游者一样跌跌撞撞地走到房子旁边，正在释放着的怒气几乎没能推动她行走。她周围的空气很闷热，一天的炎热仍然还留在空中。她走进厨房的灯光里，闻到了肉被烧黑的辛辣味。鸡肉被毁了。当她把平底煎锅移到一个冷炉上时，她的心情抑郁，几乎不能动弹，但是她的心依然带着一种猛烈的不安跳动着，这让她莫名地高兴。沃伦的谴责又出现在她脑子里，她再次听到了那个词——离开，她开始思考这件事情，就像在念一颗解忧珠一样，她在脑海里一遍又一遍地念着这个词。

他没有过来和她一起睡觉。当她醒来的时候，他穿着靴子走近房间时发出不客气的敲击声，他站在门口没有再向前走进来，她知道他还在生气。

"我要你起床。"他说。

她躺在属于她的那边，面朝着窗户。"为了什么？"她淡淡地说，没有转身，身体的一半陷在枕头里。

"我打算结束这次收割。"

这次她转过了身子。沃伦的脸上没有表情，但是眼睛下还有黑眼圈。"你花钱请的那些男人呢？"她问道。

"我昨天让他们走了。我付不起两天的钱，剩下的活我可以和你一起干掉。"

"但是……"

"起床了，不早了。"他说着跨了一大步走进房间，向下扯过被单，这使得被单从她洁白的赤裸着仰卧的身子上脱落了下来。她大声地叫道："嘿！"就好像他从来没见过她的裸体一样，她用力地把床单拉回来盖在自己身上，并瞪着他。

"起来。"他的话里没有给她任何的选择。

"好！"她说话的声音对于这个房间来说太大了，所以他转身离开了，他的一只手向上举着的姿势，就好像觉得她不能吃苦一样。她在床上坐直，被一种类似憎恨的情绪驱使着起了床。既然他已经出去了，她急忙将被单从身上拉了下来，跺着脚走到了衣柜边，但是她不想毁掉她的任何一件衣服，所以挣扎着穿上了沃伦的一件长袖衬衫和一条牛仔裤，用腰带把它们紧紧地捆着。她现在闻上去的味道跟他一样，就好像她把沃伦穿在了自己身上，这让她感到生气，但是没有像回想起沃伦用力掀开她被单的时候那样生气。她瞪着门框，好像他依然站在那里一样，当她从后门走出去，来到收割了一半的烟草地里时，她在脑海中跟沃伦争辩着。

他们干活的时候没有说话。沃伦弯着腰，拿着一把刀，从根部切断烟草，烟草梗从土壤中冒出来，它的茎秆会朝向有阳光的方向生长。接着他站起来，将烟草的颈部戳在带着洞的棍子上，烟草在那里被晒干，然后被系着悬挂在黑色谷仓的屋梁上。沃伦向她展示了一次这个过程，没有说任何话。她开始在沃伦旁边的一排烟草地里干着活，她用自己的刀把第一棵烟草从它的根上割断。当烟草倒下时，她把整株烟草抓起来，用双手让它通过钉在桩子上的锋利的银色切削器，把烟草叶子从强壮的梗部切割干净。被切断的烟草挂在那里，不久之后，叶子会开始枯萎，耷拉在它的支撑物上，自己从里面死了。他们沉默着，流着汗水，沿着一排排烟草劳作着，好像没有人在旁边一样。沃伦干活时没有抬头看她。整个早上，他都在砍烟草、戳烟草，徘徊在植物和他自己的想法上。她尽可能地跟着他向前一排排地收割烟草。但是他强壮多了，快多了。很快，他便到了她那一行，朝她这边割了过来，弯腰、戳烟草，弯腰、戳烟草。

在中午之前，已经只剩下两排烟草等着被他们晾晒了。

太阳高高地挂着，他们已经喝完了一加仑水壶里所有的水，她淡淡地说道：“吃饭时间。”然后转身走向厨房去做三明治了。她不想让他看到她的手臂在一早上的努力后在发抖。在一楼的浴室里，她看到太阳已经晒伤了她的脸颊，她穿着的沃伦的衬衫已经湿透了。她觉得自己看起来更年轻了，脸颊上变深的颜色，向后平梳着头发，一个粗糙的令人反感的东西侵蚀着她那张被太阳伤害的脸。她酸酸地看着自己受伤的胳膊，胳膊肿得还不够。

在地里，沃伦吃了她递给他的三个随便做的三明治，但他没有说谢谢，甚至都懒得看一下他吃的是什么。在他不假思索地吃的时候，她感觉他像一只动物，在他咀嚼食物的时候，她盯着他看。她的眼睛挑逗他继续昨天晚上的争吵，但他暂时忍耐着，就转过身面向东方。她悄无声息地盯着他的背看。他吃饱后，他们又开始干活了。不像早晨的时候，她发现太阳照耀下的下午耗光了她所有的力气。到两点时，微风停了，热气像某种死亡的东西一样膨胀了起来。在戳烟草和将烟草叶子铺平的时候，她感觉她的皮肤在灼烧。当他们向上跨越一排烟草的时候，他们面对着远离太阳的群山，她的身体顺从着她大脑的指令不停地弯腰、割烟草、戳烟叶。但每到下一排烟草时，她的思想便因为一种来自她身体内部由阳光驱动着的热量而随意游荡着，她除了想停下来，其他什么也不想。每一个弯腰的动作都灼烧着她的大腿，一条坚硬的火线沿着她的背部向上蹿。她握着刀柄的手肿了，手指也变得麻木了。她干活的时候，偶尔会向房子那边瞥一眼，但是她正在劳作着的大脑已经无法再激起对它的任何感觉了，甚至连怨恨也没有了。房子提供了阴凉。她跨过一排烟草看着沃伦，看着沃伦在割烟草的时候肩膀做着剪式运动，他的汗水浸湿了贴在他身上的衬衫。她看见他所做的就是将头倾斜着低下，就像一个男人站在大风里一样，这让太阳看不见他，只是灼烧着他脖子的背部，而他则保持着将自己藏起来，保护着自己的身体。他的手从来没有停止过移动。他只看着他面前的那块土地，别的什么也不看。阿罗玛没有意识到要把头藏起来。

当浪费了整个下午进入到傍晚的时候，他们仍旧一句话都没有说。她紧紧地跟在他后面，疲倦得半摇晃着，她大胆地踢着他的靴子，这使得他转过身来，抬起头看着她，并让他收回了下面那条受到攻击的腿。

“哦，随便说点什么。”她说。

他瞪着她，那锋利的刀锋靠在他脏兮兮的棉布裤腿上。“什么？”他说。

她呻吟了一声，他耸了耸肩。接着她说：“我干得不错，哈！”他点了一下头，继续砍烟草。她叹了口气。她干得很快，在这之前并不知道她正在干的活，现在，她已经设法完成了一份男人的活儿，弯腰、弓腰，直到她的后背快要断了。在做所有这些事情的时候，她都没有一句埋怨。

“我饿了。我想你可以自己结束，”她说，“我要去房子里了。”

他眯起眼睛看着她：“好吧，我得去看看奶牛。”她按照他的方式耸了耸肩，转过身，将沃伦留在了一排排烟草中间。沃伦仍然还跪在地里，注视着她离开。

但是她什么饭也没给他做。她知道这不好，但是她热得不行，她觉得太阳已经把她骨头里所有的骨髓都吸走了。不知怎的，她感到沃伦本身就是导致了烈日炎炎的原因。所以她要让沃伦想吃什么就自己动手，她知道也没有什么选择。她从冰箱里拿出大红肠和白面包直接吃了，当她看到他经过柳树走上来时，她离开了厨房。她仍然很饿，但她下定决心一分钟也不在他面前多待。她根本不在意，他可以睡在新房子里，可以跟母牛一起睡。

在她意识到她今天完全没有去过教堂之前，她已经上楼去洗澡了。忙着所有的收割和戳烟草叶子的工作，她已经全然忘记了弹钢琴的事。这是她做这份工作以来的第一次。当她意识到这一点的时候，她穿着睡衣呆呆地站着。这使得她仓皇失措，一切好像都晚了，怎么会这样呢？她跟沃伦在一起干了一整天的活儿，几乎没想到过任何一个其他的地方。也许最重要的还是她有贝尔这样一个驱动力，直到这一刻，她甚至还没有意识到这一点。她再次想到了沃伦在昨天晚上说过的话，她突然间感到好像有一朵惊慌的花朵绽放在她的胸前，她没有那么想逃离这栋房子了，她更想逃避所有的这一切，而这其中的大部分是她自己，她发现自己越来越多变，越来越渴望有所得到。当她仔细审视这些时，自己的这种多变和渴望得到的方式让她感到害怕。

但是当她听到沃伦在木楼梯上赤着脚发出的缓缓的脚步声时，这些想法消失了。她匆匆地爬到了床上，把被子拉过来盖到了身上。她听到了他走进房间的声音。在马路那边，一辆车开过去了，一条像白色幽灵的光线在被寂静笼罩的墙上一闪而过。阿罗玛用她的眼睛追随着闪烁的光芒，当车驶过的声音消失时，她紧张了起来。

“如果你不能说点像样的话，就不要进来。”当她判断他已到了门口时说道。但是不论怎样，他进来了，正如她所要求的那样，他一句话也没说。他只是脱掉衣服，走下门廊去洗澡了，他在水下站了很长时间，所以她在想他是否会回到下面的新房子里去。但是当他擦干身体出来时，他哪儿也没去，径直走到了床上。她再次大声地叹了口气。接着，她翻身到属于她的那边，带走了大部分的被单。他坐在他那边的床边。她又叹了口气，朝窗外望去。当他低下身子将全部的力量舒展到床垫上时，她挤着眼睛将眼睛闭上。她在想如果他想碰她的话，她会怎样将他推开。当她睡着的时候，她还在思考着惩罚他的方法。

远远够不着他，他比她高多了。她感到他的呼吸就在她旁边，一只手在她双腿之间滑动着，她等啊等啊，等待着他的重量移到她的嘴巴上。她闭着眼睛，直到她意识到她是在自己的梦里抚摸着自己。当她意识到是贝尔的脸浮现在她的脑海里时，她的眼睛突然迅速地睁开了，她大声地喘着粗气。沃伦被她的呼吸声惊醒了，他从枕头上将头抬了起来。

“怎么了？”他困惑地问道。

她带着恐惧看了他一会儿，她害怕沃伦能够看到梦，就像文字一样写在她脸上。接着，她想都没想就缠上了他，将自己的嘴移到了他的嘴边，用手找到了它，它一下子就硬了，接着便进入到她的身体里。她一遍又一遍地喊着他的名字，用尽全身力气集中注意力，仿佛是在确认自己想要的是沃伦，并希望自己的名字从他嘴里喊出来，他的每一句话都会让她兴奋起来。但是他没有说话。于是她搔着他、抓着他，直到她打他，但不论她做什么，他在跟她做爱的时候都像在坟墓一样安静。

第二天早上，阿罗玛起不了床。当黎明让发蓝的白光照进房间时，她无法面对它，她用被单遮住了眼睛。她告诉沃伦她生病了，沃伦下去煮了咖啡，给自己做了一点简单的早餐。她等着后门被打开、又关上的声音，在她的脑海里，她想象着他在走路，当他独自走到劳动的地里时，太阳把他棕色的头发编织成了鲜活的红色。阿罗玛将她的双腿移到了被单下面，它们不听她的使唤，无力的肌肉热得无法触摸，十分虚弱，腿都不像是自己的了。她都不记得曾经有没有这样累过，她的身体因为收割烟草而弓着，她感到这不仅仅是因为她在干活，还因为一些更大的负担在压迫着她。她的梦像酒一样遗留在她的血管里，在毫无掩饰的日光下指责着她。她强迫自己闭上了眼睛。她想到了她在学校的那个小房间，想到了她多想离开那里，想到了她是怎么会像这样躺着，闭着眼睛猜想着她的未来，就像它们是水晶球。她也记得靠近他叔叔移动住宅附近的那个黑山洞口的黑色深渊。它那松散的岩石就像破碎的牙齿一样，洞里面有一口不朝向任何地方的黑色竖井。她曾有一次被陡峭的墙那边投射过来的未受阻挡的清晨的阳光弄得口干舌燥，现在也一样。在她旁边，在白色的被单下面，户外的阳光明亮地照射着，就像清晨自由的光照在帐篷的两边一样。但是她仍然想得到某种东西，她仍然还不满意。她什么时候知足过？所以她不必自己回答这样一个问题，她强迫自己的大脑回去睡觉。

但是她自己醒来了，从床上下来后不知道该去哪儿，跌跌撞撞的，浑身酸疼，她的脑子依然还想睡觉。只是她知道不能再在床上逗留了。将她从床上驱赶下来的那种急速的不安的感觉，同样驱逐着她走出房子。她没有先到后门去寻找沃伦，也没有给他做任何食物，甚至没有走到谷仓那边，去检查一下早些时候已被忽略的小鸡们。她只是拿起钥匙离开了，都没有问自己要去哪里，或者为什么。

她穿过乡村来到了汉斯维尔，在她经过那个地方的时候，她半睁开的眼睛让这个地方卸去了伪装，她的表情很严肃。整个小镇很小，不雅致。镇上没有高过两层楼的建筑物。她在教堂外面停了下来，向北望着乡村的尽头，那里的路一直向前延伸着。接着，她抓起放在座位上的乐谱，随意地抓了一张，不论哪一首曲了都可以。她会走进去，在钢琴上弹这首曲子，因为她想不出还有什么别的事可做。她会制造噪声，盒子会发出共鸣的声音，因为它是空的，盒子没有按照它自己的意愿做过任何事情，它只是等待她让它唱歌。

阿罗玛理了一下棕色的秀发，眼睛穿过手指缝凝视着，理清着自己的思绪。只是因为她今天太累了吗？或者还是因为现在每次她坐在钢琴前面，当她按下琴键时她会听见琴键里面的那种节拍器似的滴答声，那个滴答声宣布她不知道该如何填补的时间，因为她不知道她是要来还是要走，或者她将跟谁来或者跟谁走。她摇摇头，睁开眼睛，拿起乐谱，走了进去。

在她还没有将她的手指在琴键上摆好的时候，贝尔出现在了门口说：“阿罗玛，我需要你来一趟办公室。”

“可以。”她从钢琴旁站起来，最后的几根琴弦仍然在她身后振动着。她跟着他走出了教堂的内殿。当她在门口停下来的时候，贝尔已坐到了他的办公桌前。他那本黑色的《圣经》是合上的，压在墙上。

“停一会儿你的钢琴。”他说道。她坐在那里，双手放在膝盖上，看着他的脸。他的脸在她看来一直是一张惹人喜欢的脸，但是现在她发现他的脸上带着某种新的她以前从未注意到的表情。这让她很惊讶。

他转向她，没有微笑。

“阿罗玛，”他说，“我需要你的家庭住址。”

有一阵子，她没有呼吸。“为什么？”

“我打算改变我给你付款的方式，我会把你的工资寄出去，而不是交给你。”

“哦，”她的眼睛从小小办公室的一边看到另一边，看到了胶合板的门，就是没有看他，“哦，那没有必要。我觉得原来的方式很好。”

“我需要你的地址，阿罗玛小姐。”他说。他称她小姐让她把目光投向了他。他的脸很安静，手中的钢笔也没有移动，只是悬在一张纸上。她想不到任何谎言，所以她说：“烧山岭路 14 号。”

他把笔放下。他放得如此之轻，这吓到了阿罗玛，她不敢动。他点了点头。

“你跟奥菲斯一起住在上面沃顿那里。”他说。她什么也没说，只是坐在那里，嘴唇分开，不均匀地呼吸着。他接着说：“你和他结婚了吗？”她慢慢地摇了摇头。她看见他脸上的表情以一种她无法理解的方式改变着，接着他把眼睛移开了：“你怎么没有告诉我你和这个人在一起？”

她说话了，她的声音像窃窃私语般沙沙地抖动着：“我怕你不想雇我到你的教堂里弹钢琴。”

“是的，”他很快回答道，“我不会雇你的，这听起来也许与基督教徒的身份很不相称，但是我不会雇用你的。我不能忍受这种欺骗。”

“这不是欺骗……”

他用一只无情的手将她的话打断了：“你们没有结婚，你却装作结婚了这就是欺骗。不要再欺骗你自己了，也不要再愚弄我了。”

接着他把头低下来克制他的表情，这使得她只能看到他那黑色鬈发的顶部。他的头一直弓着保持着那副样子，她后来也不记得保持了多久，因为当他抬头时，他很生气，她以前从未见过他这个样子。

“你故意误导我，”他说，“你只是走进了我的教堂——我们的教堂——带着一个谎言跟我们生活在一起，说你没有喜欢一个男人。但是你非常爱一个男人。你可能没有结婚，但无论如何，你和他已经绑在了一起，不论你明白还是不明白。既然你已经做了，你就永远都和他绑在了一起。我不知道你认为自己在这里做什么……”他的黑眼睛严厉地批评着她，“我不知道什么……”他没有讲完他的想法，只是当他的喉咙里依然燃烧着这些句子的时候，他阻止了它们。但是仍然有一些东西在他的身体里涌动着，甚至在他说话之前，她就感觉它已经来了，她畏缩着。

“你真傻，”他说，“你很漂亮，你的音乐弹奏得也很棒，但是你很傻。”他突然停了下来，双手交叉在一起，在他的双手组成的手势上面再次低下了头。阿罗玛当时没有想到要为自己辩护，她毫无防备。她只是看着他，眼睛不眨地看着他，等待着。

他的头仍然低着，他说：“阿罗玛，不要仅仅因为你年轻而允许自己可以无法无天。也许你认为激起爱情是件小事，但是你错了。”接着他没有再说什么。当他终于抬起头来，跟阿罗玛四目对视时，阿罗玛朝其他地方看了过去，脸色苍白。

“我会离开的。”她沉着地说道，她终于找回了自己的声音，让人惊讶的是，她的声音并没有颤抖。她把脚紧紧地收在身下，准备起身。

“对，走吧。”他说，“我希望你离开。”

她站起来，走到了门口。接着她转身问：“是谁告诉你的？”

“妈妈，”他说，“布雷西特夫人告诉她的。”

“布雷西特夫人是谁？”阿罗玛问道。

“她在你家附近有一家杂货店。”

阿罗玛几乎大笑了起来，接着，她转身准备离开。但是在她还没有离开之前，贝尔再次叫了她的名字，并说：“我还欠你工钱。”但她只是说：“不，不，你不欠我钱。”她头也不回的背影消失得无影无踪。

她在卡车里静静地坐了很长时间，强迫自己离开，她担心贝尔会出来，但是她没有力气转动钥匙，只是径直地盯着前方，她的呼吸困难而迅速。天上为什么还有光呢？她希望这一天会过去。她胡乱地摆弄着被太阳晒白了的方向盘，摆弄着换挡杆的把手，她的双手不停地在大腿上敲打着牛仔裤，无法停下来。她空荡荡的双手像偷了什么东西一样。这使得一种负罪感像刀割似的折磨着她，那种感觉来得如此清楚、如此突然。她不知道她之前为什么没有感受过这种感觉，她的感觉因为某种不光彩的欲望而麻木了。她说不清楚她偷走了什么，也无法将它握在手里，尽管她可以将它打碎。她不知道它到底是属于沃伦，还是属于贝尔，还是他们两个都共同拥有，她只知道她已经这样做了。她只知道是因为内疚感来得太清楚，就像路标一样，指引着她回到那栋房子的方向。她突然启动了引擎，猛踩一脚油门，怒气冲冲地开车回家了。她忘记了放在钢琴上的乐谱，直到很久以后才想起来。她想大哭一场，但又不愿意以这种轻易的悔恨而让自己心情变得舒坦起来，风将她的眼泪无情地吹干了。她经过了那片田野，但是没有看它，她跟着由来已久的直觉以一种全新的体验回到了家。

她来到了房子前，房子因为油漆从防水木板墙上剥落了下来，从远处看起来它几乎变成灰色了。看到这幅场景，就连它的丑陋——而不是美丽，它永远不可能是美丽的——都以一种不可思议的方式变得让她可以忍受了。她感觉好一点了，与那种在地平线上搜寻着新的地点，希望在新的地方可以找到更简单的爱情这种毫无方向的欲望相比，好太多了。就好像爱情——跟懒惰混合在一起，又被懒惰稀释了的爱情——仍然和原来一样。贝尔的话鞭策着她，她羞愧地颤抖着。当她开车爬上长长的砾石车道时，她用一只手遮住了眼睛。太阳已经向西边挪动了。白天在她还没有注意到的时候，已经变短了。

沃伦的卡车停在门廊前面，她绕着整栋房子拼命地寻找着他的踪迹，尽管她的内心有一半是害怕面对他的。不过，她仍然寻找着他。他不在被收割过烟草的田野里，也不在养护谷仓里。第一批收割好的烟草现在挂在屋梁上，正在晾干。阿罗玛看见小鸡们在前院啄着泥土，她也没有在牧场或是谷仓的门口看到沃伦。新房子的门也没有打开。接着阿罗玛转过身，直视着太阳，就好像在那儿可以找到他一样，但是太阳洋溢着的炙热的光实在太强烈了，她只能闭上了眼睛。她感到就这一次，夜晚会是凉爽的。

没有别的事情可做，阿罗玛走进了厨房，开始做饭。一个小时后，还没有沃伦的动静。于是她坐在厨房的小桌子边，她没办法自己吃饭，她在聆听着他的声音。鸟儿飞过头顶，呼叫着夏天的结束，接着它们飞走了。这一天的噪声慢慢安静了下来，变成了让人敬畏的一片寂静，黑暗降临了。当她终于从厨房的桌子边站起来，向后门外望去，并想着闲逛到田野里去找他时，天已经全黑了。烟草堆放在金星冷冷地眨着眼睛的阴影下。也许当所有的话被说完，所有的事情做完之后，沃伦也不想让她找到他吧。她的大脑被这个新的想法萦绕着、折磨着。

她爬上楼，穿着衣服坐在床上，但她没有躺下。她打量着她这个四周黑暗的房间。她的心努力地寻找着一个可以休息的地方，无法安定下来。这是她知道的最孤独的事情，她的童年像一个影子一样在她的眼前浮现，但是她眨了眨那双习惯了黑暗的眼睛，将它甩开了。她的心从贝尔和瞬间灼烧着她的羞愧中移开了，它也试图从沃伦身上移开。现在的失败让她清楚地看到了，沃伦是她努力不想再爱的那个人，甚至是她向他索求爱情的时候也是如此。不过有谁在那儿教她呢？作为一个孤独地步入成年的女孩，她只有自己的身体可以触摸，她的想象力被她的思想遏制着。她从来不知道让自己去适应另一个人的压力或喜悦。她曾经拥有的只有她自己。当沃伦出现的时候，爱情只是一个意外，她的精神通过身体的努力将她带入了爱情，当她发现它本身是一个榫眼时，她的心突然受到了惊吓。贝尔是对的，她是沃伦的凸榫。一旦事已成定局，再思索他们是如何跨越了三个区、两座大山来相爱的已经太晚了。即使已经跨越了那个距离，可距离会依然存在。阿罗玛突然凝视着黑暗，她想着曾经想要离开那是一种何等的浪费——而不是像贝尔说的那样无法无天，是在浪费造物主的创造，这也许是同一件事——奔跑着追寻着另一个人却仅仅是为了发现分歧依然在那里。当一个人感觉到这点的时候，他会发现这是上帝创造的一部分，它深深地根植在爱的行为里。她不知道该如何处理，或者如何跟其中的一点达成妥协。她只知道她认为最简单的事情是找到那个她认为值得拥有的人的想法是愚蠢的。

接着，她听到有人叫她的名字。她不知道声音是从哪里传过来的，像是房子本身呼唤浪子归来的声音。当叫声再次传来的时候，她盲目地冲向了沃伦和卡西的旧房间，将窗户向上推起，凝视着窗外靛蓝的土地。这一次，她的名字在远处听起来很清楚，她看到了一个移动的人影——沃伦。在牧场的阴影中，他像一个影子一样几乎看不见。他挥舞着手臂，或者好像挥舞着手臂，于是她穿着拖鞋毫不犹豫地飞快地从房间走下台阶，到了后门。当他再次呼唤她名字的时候，她的心跳加速了。她在奔向他的时候绊倒了。沃伦从牧场走了出来，在她摔倒的时候拉住了她。

“我需要你。”他说。

“我不知道你在哪里。”她说。

“一头母牛要生小牛了。”

“什么？你为什么不告诉我？”

他举起了手打了个无用的手势。

“沃伦，你永远什么都不告诉我。”她说。

“我看不出来它怎么会要生小牛了。”他说道，“把我的手电筒从厨房里拿出来……”她转身走向了房子，立马就去拿了，因为从他的声音她听出了他需要她。他接着说：“还有毛毯，快拿一条毛毯到这里来。”她跑回房间，爬上楼梯，来到楼上。她从床上用力地拉下一条羊毛毯子，接着追寻着刚才的路迅速而富有活力地走进了黑暗里，她什么也看不见。她找到了沃伦，他跪在一块长满草但还没有被奶牛腿弄得泥泞不堪的地上，在谷仓远处的那头。那头牛已经按照自己的意愿毫不费力地躺下来了。在它呼气的时候，它的肋骨明显地突出来；当它吸气的时候，肋骨无力地变大了；当气流通过它张开着的嘴巴和鼻孔时，这些肋骨又平滑地回到奶牛的肉体里。

“我不知道它是否生过小牛……”当沃伦看到阿罗玛抱着被子、手里拿着手电筒走到角落时，他说道，“我不知道它有多大。”他用双手捋过他的头发，接着又放到了膝盖上，他在厨房水槽里用力地擦洗着赤裸的手臂，然后把手伸进了母牛的身体里面。他的胳膊进入了奶牛湿暖的产道，又进一步深入到了那个黑暗之中，他说：“等等。”

“什么?”

“像铅笔那样。”

“什么?”

“是双腿，但不是头。是不是头在后面? 但是感觉不对。”他说这些话的时候更像是在对自己说，而不是对她说。他把手拉了出来，低头看着侧身躺卧的母牛，奶牛木桶状的胸部急速地上下起伏着，接着他低头看着自己的手，想着之前手在里面感觉到了什么。“把手电筒打开。”他说道，虽然这微弱的光只能看见他将手臂伸进奶牛那红色的阴道时皮肤上的黏液和水分，但基本没有什么作用。“它体型很小，”他说话的时候手臂还在母牛的身体里面，他扭过头盯着阿罗玛说，“这就是为什么现在我还没有去接那头公牛的原因，看，这头母牛还很小……”他继续转过头去接生，“但是，我的天哪……”他接着说道，“哦，该死，小牛的头颈弯在子宫的后面了。”

她问：“我们应该给兽医打电话吗?”但是沃伦什么也没说，他把眼睛和胳膊的力量都调动了起来，顺着牛犊扭曲的脖子一直摸到它的下颌，然后将胎头拉向自己的身体以及外面夜空世界的氧气中。阿罗玛看到，尽管很冷，沃伦却汗流浃背。一阵子宫的收缩将沃伦扭曲的胳膊贴靠在了守护着犊牛的坚硬的骨头上，沃伦轻声地叫了两次。

“沃伦，我要打电话吗?”阿罗玛迫切地再次问道。手电筒黄色的光在沃伦沾满泥土的双膝间映出了一个光圈。他没有马上回答，但他的手停止了在子宫里搅动，看上去沉重、呆滞，也许一头已经死了的小牛正在他手里。“再等十五分钟。”他说道。

“这太久了。”她说道，她很害怕，尽管她并不是真的懂。

“不，很快的。该死，我不知道!”他又说了一遍，继续向前摸索着牛犊的嘴巴。但是他又遭受了一次母牛子宫的收缩，“不，该死，不，不，不！”他用那被夹在母牛子宫痉挛中的手臂仅剩下的微薄的力量够着。母牛像一只活号角一样咆哮着，阿罗玛哭着说：“沃伦，求你了！”

“不！”他厉声说道，她向后退了一步，光圈扩大了，所以她看见他身上所有的肌肉都以一种纯粹的意志力汇集了起来。她没有再说什么。只有母牛沉重的呼吸声和从它那里爆发出来的或惊讶或愤怒的咆哮声打破了寂静。晚上的空气很冷，母牛每次呼气的时候，它的气息都在冷气中喷出。像烟一样灰色的雾气从阿罗玛潮湿的皮肤上升起。沃伦跪着、压着、翻转着、推着陷在里面的牛犊时，阿罗玛将被子拉到了自己的肩上。最后牛犊固执的头来到了最前面，沃伦几乎将脸靠在了母牛的肛门上够过去，找到了两条腿。

“就是现在。”他说道，好像是在回答一样。母牛推挤着，接着牛犊的牛蹄就像两根钢做的火钳一样出来了，沃伦撕开包在它们周围的液囊。沃伦发出了跟笑声一样得意的声音，但那只是胜利之后一次小小的喘气，接着牛犊粗大笨重的带着黏液的鼻子出来了，向外突着。阿罗玛张大了嘴。

“出来了，”他说，“牛犊出来了，但是出来得很慢。出来吧。”牛犊又慢慢地向前移了一点，直到它的头像一个沾满血迹的气球突然从产道里鼓了出来。阿罗玛使劲地握着手电筒，生怕自己会扔掉手电筒。现在沃伦抓着牛蹄上湿湿的丛毛，在他努力地想让牛犊的肩膀出来时拉着一条腿，接着又拉着另一条腿。在看着牛犊出来的时候，阿罗玛甚至都不能眨眼。沃伦说：“推，推，推。”但是这还不够，牛犊太大了，它的新生命无法从母牛对它的控制中自由地解脱出来，所以沃伦不得不向后倾斜，用尽他身体全部的力量。他用力地拉着伸出来的牛犊，就像一个饥饿的男人拉着一袋粮食一样，直到最后牛犊终于迅速地滑出了母体，来到了黑夜里。

“天哪！”阿罗玛说道，手电筒的光随着她的双手一起抖动着。沃伦擦去牛犊方形的嘴和鼻孔上的血迹和黏液，用手拨开一个鼻孔，朝里面吹了吹气，接着又抓着另一个鼻孔。当他这样做牛犊没有什么反应、一点也没有用的时候，沃伦用平平的手掌拍了拍牛犊的脸颊。牛犊急促地呼吸起来。沃伦又用手急速地拍打着牛犊湿润的脸皮，一边捶打一边揉捏着。为了适应这种脱离了母体的状况，牛犊动了起来，它用新的陌生的小腿努力向上站起，先是将身体的重量压在牛蹄上，再用它的鼻子向上推，就好像它正压在一种强大而可怕的重量上。接着，随着第二阵爆发，牛犊从它腿上站了起来，四条腿全站起来了。它前后地摇摆着，接着向两边摇摆。就在阿罗玛不顾沃伦摇着头阻止而伸出手去防止牛犊跌倒时，小牛笨拙地倒向了一边。牛犊感受到了自己的力量，接着用鸟儿那样踉踉跄跄踩着高跷似的动作，让自己站直了。自始至终，母牛一直躺在那边，它那细长的呼吸陪伴着它的牛犊最初行进的步伐。它抬起头在黑暗中寻找着小牛，大叫了一声，使阿罗玛脖子上的毛发都竖了起来。母牛跌跌撞撞地试图站起来，但是没有成功。接着它肺部的空气从它的鼻子里发出了细细的像吹口哨似的声音。沃伦盯着牛犊看时，似乎有一阵子已将母牛忘记了。他自己的脸上闪着汗水，头发都湿了。很早以前，他就把帽子取下来了，现在帽子躺在他身后，已经陷到泥泞里去了。他慢慢地走着，看着小牛跌跌撞撞地蹒跚着向前走了几步，接着牛犊找到了新生儿的节奏，从他们两人围成的圈子里走开了。阿罗玛仍然将手电筒握在手里，光线对着地面。她啪嗒一声关上了手电筒，好一会儿，他们和不均匀地喘着气的母牛一起待在清晨的黑暗中。

沃伦突然站起来说：“用那条毯子去擦擦它。”阿罗玛按照沃伦说的做了。她弯下腰，把牛犊搂在怀里，虽摸着牛犊骨瘦如柴的肋骨，但对这头新生的牛犊，她的心里还存着稍许的恐惧。牛犊摇了摇头，但没有抵抗她，它在她的肩膀上不停地嗅着，当没有发现奶头的时候，它用那双巨大的黑眼睛向前凝视着，一直看到了那片阴冷的黑暗里。在他们身后，沃伦在母牛庞大的身体周围搜寻着，他跪在它的头旁边，对着正在喘气的母牛窃窃私语了几句，只有母牛能听见他的话，接着他用双手紧紧地拉着它的头，当母牛呻吟着却没有站起来时，沃伦将手放到了母牛的后腿上，戳着它们。

“不好了。”沃伦说。

“怎么了？”

“母牛起不来了。”

“什么？”

“它神经痛。这根神经可以使其他的神经瘫痪。它生牛犊花了很长时间，牛犊也很大。我觉得它正在流血。”

沃伦再次将手伸进了母牛身体里面，沿着它的子宫壁摸着。

“我们要做什么？”阿罗玛问道，她仍然弯着腰，笨拙地抱着小牛。

“哦，该死！”他说，“它的子宫壁被撕破了。”他把滑溜溜的手指放在了被撕破的子宫壁那边，几分钟过后，血继续在流，无法止住。最后，沃伦把手从子宫里拉了出来。他起身站起来，似乎呼吸困难。他盯着手上的血。阿罗玛看着他，什么也没说。

“在这里坚持一会儿，”沃伦突然说道，“我要去热一个瓶子，给那头牛犊保暖。”说着他朝房子那边快步走了上去，留下阿罗玛和动物们待在一起。母牛呼吸着，牛犊也呼吸着。阿罗玛跪在牛犊旁边，用毯子的两边轻轻地拍着，把牛皮擦干了。她抬头看着天空，伸了伸脖子，直到从锁骨到下巴的部分都被伸展成了一条直线。金星出来了，一片纯白，但是她看不到猎户星座，它被土地遮住了。她听到小牛大叫了一声，其他的母牛在地道里轻轻地回应着。

沃伦回来时，带来了一把来复步枪和一个两夸脱的瓶子。他跪在小牛面前，步枪放在他的身后，他直接用瓶子喂着牛犊，拍着它的鼻子和它的侧腹。在牛犊喝水和沃伦的手相碰时，他们什么也没说。接着，他把空瓶子递给了阿罗玛，在母牛的腿旁边又跪了一会儿。长期的蹲伏之后，当他最后站起来时，他的腿因为被身体压在下面太久而变得不稳了。他让自己抓住谷仓边上的栅栏以防止跌倒。

“沃伦！”阿罗玛叫道。

他摇摇头。

“不要。”她说。

“它干得不错。它生了一个多小时。我不知道，”他说道，接着又转向了母牛俯伏着的躯体，“我等得时间太久了，”他用一只肮脏的手摩擦着他的脸，“我不知道它生过牛犊没有。这些都是卡斯尔斯做的，卡斯尔斯总是知道该怎么办。你或许认为有人可能已经告诉过我一些事情了。没有人教过我一个人如何去做。”他看着阿罗玛，接着他的表情放轻松了一些，他跨过母牛的腿，伸手去拿枪。

“到上面的房子里去，如果你愿意的话。”他说。他把子弹装进来复步枪的枪膛里，打开扳机的时候，她只是盯着他看。他见到她没有离开，说道：“后退，把那头牛犊的耳朵捂起来。如果可以的话，把你自己的耳朵也捂起来。”在她弯下腰，双手放在牛犊毛茸茸的大耳朵上的时候，沃伦等了一会儿。接着他把来复枪扛到肩上，开枪打中了母牛两只耳朵上面中间的地方。

尖锐的爆裂声吓到了小牛，它从阿罗玛的手上窜了出去，跌倒在前腿上，毛毯脱落了下来。有好几秒钟，它只是停在那里，眼睛瞪得大大的，全身颤抖。但接着它又找回了它的脚，跌跌撞撞地向前走了几步，又突然停了下来。在声音没有再出现后，它好像平静了下来。沃伦放下来复枪弯腰看着母牛，唯一能听见的是牛犊的小蹄子踩在打湿的地上的不稳定的声音。接着阿罗玛在她身后听见了一阵粗鲁的哀嚎，那种声音可以使树叶子散落一地，但是当她扭过头时，那儿什么也没有。她意识到这是她自己发出来的声音。她吃惊地用一只手捂住了自己的嘴巴，但是声音不断地传来，她用手掌将它们抑制住了。她开始使劲地哭着，但是没有眼泪。她无法呼吸。她闭上了眼睛，什么也看不见，她的手进一步按住她张开着的嘴巴。脑袋里什么也没想，她的身体开始摇晃，慢慢地下沉，坐下，坐到了被搅动过的泥土上。沃伦跨过他们之间的距离，拉着她的胳膊说："好了，现在。我不应该让你留在这里的。"她闻到了他身上的汗味和来复步枪的火药味。

她摇摇头，沃伦领着她向前走，他的一只胳膊绕在她的腰上，以防她绊倒。她似乎无法睁开眼睛。他们走出了田野，穿过了通往房子的刚刚沾满露珠的草地。走上后面的台阶，走进厨房。沃伦把来复枪啪的一声放在柜台上。他带着她继续走进了温暖的房子，爬上吱吱作响的木楼梯，进了卧室。她知道自己身上有粪便和泥土的味道，但是她太累了，实在没有力气再想这些。她像一个四肢柔软的小孩子一样坐在床上，让沃伦帮她脱掉已经被毁掉的拖鞋。接着沃伦解开她牛仔裤的纽扣和拉链，好让她呼吸，他把她按到了床上。她的干哭平息了下来。他坐着，把手从床垫上的她的身子下面拿开，用他的拇指轻轻地在她的指关节上拍着一小段音乐。他的手很干燥，她感觉到污垢粘在他的皮肤上。他们就这样坐了几分钟，然后他说："我要回到那里，陪一会儿牛犊。处理一些事情。如果我把你留在这里，你会好起来吗？还是你打算将自己扔出窗外？我应该先关上它吗？"他做了一个动作，好像他打算去关窗户，她抓住了他脏兮兮的牛仔裤的腰带，笑了起来，她的鼻涕也流出来了。

"万能的主啊！"他说道，用手背擦拭着她的鼻涕。她可以在他的皮肤上闻到母牛的腥味。他轻轻地拍了一下她的头，接着当他站起来离开房间时，她感到床垫弹了起来。她在那儿躺了一会儿，慢慢地被自己说服着冷静了下来，因为这个安静的房间，因为他那温暖的手慢慢地移动着，最后在她的头发上短暂地停留了一会儿。她的呼吸慢了下来，打着嗝，颤抖着，慢慢变得平稳，接着她睡着了。

当她醒来的时候，阳光很强烈，她知道这已经是上午十点左右了。阿罗玛扭过头去，发现了很亮的光。她疑惑了一阵，为什么她睡过了太阳升起的时间，为什么她没起来白天就开始了。接着她想起了母牛的事。沃伦不在床上，不在她身边。她疑惑不解地坐了起来。在她的身后，在她躺过的地方，床单被泥巴弄脏了，全是她的形状。顶着仍然很虚弱、迷迷糊糊的脑袋，她换了条干净的牛仔裤和一件属于沃伦的T恤，走下了楼。咖啡还很热，阿罗玛倒了一杯，接着打开后门，遥望着在奶牛牧场那边的沃伦。沃伦弯着腰在新生的牛犊身边，但她无法确定他在做什么。她把脚踩进一双他的工作靴子里，这双靴子对她来说太大了。她踮着脚走下了斜坡，直到宽阔的栅栏面前。

"你在那儿干什么？"她对弯着腰的沃伦说道。他有点受惊吓，转过身子，手里握着一个对着牛犊的小嘴巴的金属瓶子。当他转身的时候，他微笑着，眼睛里的线条被射到了他的脸颊上，她可以非常清楚地看见他眼睛的颜色，眼睛的深度阻止了阳光的射入，如同照亮了一潭水。那一片蓝色让她感到惊讶、感到愉快，他脸上的表情使她大笑了起来。

"正在搏斗。"他微笑着回答。她再次大笑了起来，那是一种轻柔的刚醒来的声音。当她安静后问道："母牛在哪儿？"他说："我让杰克·塔尔奇开着他的灵车过来了。有人照顾它，已经走了。"他又转过身去面对着牛犊，牛犊正向上斜着头等着他喂食。

"看这个。"他说着用力地从牛犊的嘴里把瓶子拿了出来，后退了几步，牛犊向前猛冲，拖着僵硬的腿发疯似的去够奶头。沃伦扭回了他的头，努力地大笑着，干净的帽子从头上掉了下来。不管怎么说，他应该看起来像是去了趟地狱，阿罗玛想。他已经连续收割了两天的烟草，还接生了这头牛犊，昨天晚上一点觉也没睡，而他仍站在这里，看上去比日光还要好。她摇摇头。

“再来一次。”她说，他照着做了，牛犊对它的需求基本无能为力。她没有在看小牛。

“你满脸都是笑容。”她说。

他看着她，在清晨的阳光下眯起了眼睛。“今晚我也会满脸笑容，亲爱的。”他唱起了歌，声音越来越大，“今晚我会满脸笑容。尽管明天我可能心碎，今晚我会满脸笑容。”

她又摇了摇头。“愿上帝保佑那个声音。”她说道，尝了一口咖啡。他用眼睛看了看她的脸，接着把瓶子塞进了裤子的背面，走到了栅栏这边，一只脚从第二块木板上跳过了栅栏。阿罗玛尖叫了起来，努力地转身逃跑，边跑边说：“不，我端着咖啡。”但他拿起她的杯子扔到了地上，黑色的咖啡渗到了灰白色的泥土里，摔缺了的杯子落到了泥土边上。他抓住她，把她举到胸前。“不！”她命令似的说，但她像一个饲料袋一样被扛到了他的肩膀上。“你闻起来都是屎。”她一边说一边用拳头捶打着他的背，“你闻起来都是牛粪。”她闻着他衬衣里面说，接着她放弃了，任由他扛着她松软的身体。在楼梯上，他把她放了下来，摇摇晃晃的，让自己喘口气。“上帝啊！”他说道，脸红了，弯下腰，呼哧呼哧地大喘着气，“上帝啊，女人。”她走过去打他的肩膀，但是他突然站了起来，这使得他站在她上面，她的手随着他升了起来，直到伸到他的肩膀上。

“阿罗玛，我要你嫁给我。”他说道。

她朝他眨着眼睛，好像太阳在她眼睛里一样。

“我们结婚吧。”他说。

“什么时候？”她慢吞吞地说道。

“今天。”

“什么？”

“今天就嫁给我。”

她大笑着，接着严肃了起来，眯着眼睛。

“我们曾经都快要杀掉对方了。”她说道，眼睛向下看着，突然想起了昨天，想起了贝尔的话。

“这没影响，你可以在我们结婚后杀了我。”

“但事情还没有完全理顺。”她边说边朝那片土地看了过去，被拉过来排成锥形的烟草还在田地上晾干，还有更多的田野休耕着。“你不是一直在等着做这些吗？”沃伦跟着她的目光看向了外面。早晨晚些时候的太阳正在缩短整个院子里的阴影，他们站在房子的阴影里，但这个阴影也在缩短。

“是的，事情还没有那么顺，你是对的。”

“嗯。”她说。

“但是，”他说，“我的理解不正确”。

“关于什么的理解？”她充满怀疑地说。

“所有这一切。”他说，“它们是怎么来的，又是如何走的。”

他们盯着对方，接着他闭上眼睛，好像变得疲倦得都不能撑起他眼睑的重量了。他说：“我不知道为什么我要独自一个人做这所有的事情。我累了，但是事情就是这个样子的。”

“沃伦，结婚不会让你不再孤单，”她说，“我也一直在这里。”

“只要你半只脚走出了这个门，我就变得孤单了。”

“哦，”她慢慢地说，“我明白了。”她的确这样做过。她的手臂仍然抬着，手仍然在他的肩上。她将手指向上继续滑动着，在他的脖子上摩擦着，他任由她这样做了一分钟。他睁开了眼睛，他的眼睛依然蓝蓝的。

“好吧。”她说。

他笑了，身体向前倾，在她的额头上吻了一下。他们一直保持着这样，直到阿罗玛可以感受到他身体的热量与天气的热量混在了一起，尽管那天的热度还没有侵袭他们，他们当时正躲在阴影里。她闭上眼睛，听着他呼吸的声音。她再次看到他的帽子从头上掉了下来，他的脸向上斜着，嘴巴也像那样张开着。她想一直让眼睛闭着，将他留在她脑海的琥珀里。但是他站直了说：“你打电话给下面教堂里的牧师，问问他今天可不可以帮我们举行婚礼，好吗？”

“哦，”她脱开身，把手塞进了她的口袋里，“哦。我不知道。”

“为什么不呢？”他说。

她在找一个理由，她把手指举起来放在眼角揉着，歪起她的脸：“哦，该死，沃伦，我不认为他今天会去教堂。我不确定。”

“但是他认识我的家人。”沃伦说。接着她早就已经知道他想要说什么了，所以这几乎是她自己写的台词一样——为什么在这之前她没有意识到这一点呢？当沃伦说“他在葬礼上为他们祷告过”时，她的心随着他的这些话抽搐了一下，但是她没有感到惊讶，完全没感觉。一种悲痛降临在她的胸上，如此沉重、如此用力地拽着她，除了想沉下身子坐在草地上来承受这份悲痛的重量之外，别的她什么都不想。

“我明白了。”她又说了一次，“你确定不想自己打电话给他吗？”她绝望地问道。

“为什么你不打电话呢？”他说道。这个事情就这么定下来了，因为沃伦的话并不是一个问句。沃伦正在一意孤行。接着他把她抱在怀里，这让她难以呼吸。这次他吻了她的嘴，看着她的眼睛，她闻到了长夜在他的身上留下的汗水的味道，她发现很难迎接他凝视的目光。

接着他上楼去洗澡了。

阿罗玛仍然留在草地上的那块阴影的地方。所有的灵魂现在都已经从她身上逃离了。她在脑子里不停地想着这件事，这让她感到厌倦。这种感觉是如此强烈，她转过身去，面对着房子，捂着肚子，她担心自己站在那儿会生病。她仰望着天空好像她的救星在那里一样，但是没有。从来都没有过，她痛苦地想着。那天她说“对，对，我会来的”的时候，它不在那儿；那天晚上在冰冷的田野里时，它不在那儿；当那块金属像弧线一样冲破了挡风玻璃让碎片四溅的时候，它也不在车里。它没有上面或者下面，它不在任何地方。它就不是那样。上面的天空现在看起来就像一只大手空空的手掌心，永远不会靠近，永远不会触摸到地面。她叹了口气。

她走动时，她的身体好像已经失去了本身的感觉一样。她步履艰难地从厨房走到了饭厅。她拿起电话的听筒，将它放在耳边。她拨了贝尔家里的电话号码。电话响了六声，她的心像刀戳了一下似的如释重负，他不在家。但是接着电话通了，她听到了他的声音。

“您好！”

“您好！”她说。因为他也没再多说什么，她知道他听出了她的声音。但是轮到她讲话时，她却找不到话。最后他说：“阿罗玛，有什么事？”

“我……”

“你打电话来是因为你忘记了你的书吗？”

“什么？不是。”她说，她在脑子里慌乱地思索着他的意思，“不，我不想……我想请你帮个忙。”

“我想我不希望再为你做任何事了，阿罗玛。”贝尔说。

她明白这句话的意思，点了点头，就好像他就在她的房间里一样。“是的。”她说，“是的，但是沃伦……”

“无论你准备说什么都跟我没关系。”贝尔说道。

“他只是希望你为我们主持婚礼，”她终于匆匆不安地说出了这句话，“我很抱歉……”

长时间的沉默，在他明白了整个事情之后，他叹了口气，他在掂量整件事情的分量。

“我很抱歉，”她补充说道，他的安静使她的语气进一步缓和了下来，“他只想要你主持婚礼。他只想……”接着，她因为自己的羞愧哽咽了起来。阿罗玛把脸向上歪着，带着安静的哭声，她说：“没关系，没关系，我很抱歉。”然后她把话筒啪的一声放回到了黑色坚硬的电话座上，然后用手捂住了耳朵，好像要挡住他们没有说完的对话。

一分钟不到，电话铃就响了。她跳起来抓起了电话，但是心里很害怕。

“我会帮你们两个主持婚礼的。”他说。

她把一只手放在胸前：“贝尔，我知道你不高兴……”

“是的，我不高兴，坦白地说，我希望我不必这样做。但这跟高不高兴无关——与我无关，与你无关，也与沃伦无关。如果他要我这样做，我会同意的。”她点点头，一句话也没说。

“我两点会在教堂。”他说，“不要让我等太久。”

她穿着她最漂亮的裙子，现在这条裙子已经旧了，胸部也紧了，那是学校的一个女孩子传给她的裙子，但是没有时间去找一条合适的新裙子了，她剩下的裙子都太普通了。沃伦穿着一套棕色的西装，那是他哥哥的衣服，他是在新房子里的一个衣柜里找到的，一套星期天做礼拜时穿的西服。他不知道如何打领带，阿罗玛也不知道，所以他没戴，把它留在了床上。他开车的时候，她坐在旁边，风吹着头发，把头发吹乱了。她很热，所以她让自己不停地整理头发以掩饰内心不断增长的恐惧。接着，她放弃了，在接下来的时间里她闭上了眼睛，双唇紧紧地压在一起。沃伦在开车的时候朝她看了一眼，有那么一刻，他说："你现在还有别的什么想法吗?"她只是看着他，摇了摇头，但是她甚至都不能假装微笑，她的胃在里面翻滚着。

他们到达的时候，教堂的门大开着。听到他们的卡车倒进了砾石车道上，贝尔走了出来。他站在最上面的台阶上好像没有注意到他们，而是朝着没有一辆车经过的路边望着。他的一只手里拿着一本小的黑色的《圣经》，按在他裤子皮带扣的位置，他斜着眼睛盯着太阳，懒得用手去为脸遮挡太阳。他们离开卡车时，阿罗玛走在后面，但是当贝尔将眼睛转向他们时，他的眼睛里没有什么可解读的。他看着沃伦，没有看阿罗玛。阿罗玛低着头。

贝尔伸出手来抓住沃伦的手。"沃伦，"他说，"我希望爱玛今天可以在这里，也希望你的爸爸和哥哥在这儿。"

沃伦点了点头。

"阿罗玛。"贝尔说，在他的问候声中暗藏着一种冷淡，这使得他在突然将视线转向教堂时，沃伦踌躇了一下。他看着阿罗玛，接着看了看贝尔正在消失的背影，他把手在他的头发上捋了一次，接着慢慢地走到了过道里。阿罗玛在后面跟着，她努力地谁也不看。

一个穿着被草染了色的工作裤和靴子的男人坐在教堂第一排座位上。当听到他们进来时，他转过身来，站起来，他黑色的头发散落在带着皱纹的额头上。他朝过道走去，一些草从他的靴子和裤腿上掉了下来，就像极其微小的叶子散落在树的周围一样。

"这是我的表弟桑德，"贝尔将一只手放到了男人的肩上，"他正在这儿割草。他将是今天婚礼的见证人。"

沃伦跟他握了握手，贝尔走上了楼底平台的第一级台阶，当阿罗玛和沃伦在他面前整理自己的着装和动作时，他把头向下低了一会儿，在那里等着。从站在他们旁边的男人身上隐约可以闻到户外的味道。阿罗玛不想看贝尔，她的眼睛一直抗拒着，但是她不能看别的地方，她向上盯着他。沃伦也这样看着贝尔。接着贝尔抬起了头，称他们深深地爱着彼此，他为沃伦和阿罗玛主持了婚礼仪式。他们没有可以用来交换的戒指，只有一个吻。所以他们亲吻了，接着贝尔祷告。当他用那粗大的声音结束了祷告的时候，他说："主啊，我们要你保佑这两位，因为他们已经遇到过麻烦，他们依然还有很多的路要走。他们已经经受过痛苦，但是我们被告知，任何仍然存在于我们中间的人都有他美好的希望。请主帮助这两个人有节制地生活，帮助他们不要将他们的爱浪费在愚蠢的事情上，不要被骗走他们的积蓄。我们祈求你对他们施恩。"阿罗玛感觉到沃伦在她身边骚动着，她睁开眼睛发现沃伦正盯着贝尔。贝尔早已经睁开了眼睛看着他们，这使得在贝尔完成他的祷告时，他们看上去根本就不像在祷告，而仅仅只是在聆听。贝尔说："这上面也为你们写着，请和你爱的妻子享受一种简单的生活，因为我们知道在这令人焦虑的人生的所有日子里，它们都是无穷无尽的浮华，但是它们是安排给我们人生的一部分，《圣经》上是这么写的，它们让我们在阳光下劳作，并且你们知道不论你们的手找到了什么样的事情做，都必须竭尽全力，因为在天堂里没有任何的劳作，而且也没有妻子，甚至没有思想，只有永恒的完美。"那时候，沃伦和阿罗玛无法分辨贝尔是在跟上帝说话，还是在跟沃伦说话，又或者他是在自言自语，接着贝尔举起了手说："阿门。"

当他们在文件上签名时，阿罗玛获得了某种解脱，这比起她预想的要柔和多了，结婚的仪式并没有在她的内心深处宣告任何巨大的转变。沃伦再次握了贝尔的手，他也跟将草带到了他们的脚下、闻起来有户外气味的人握了握手。接着他们一起走过通道，朝着教堂外的日光走了出去。但贝尔喊了声“阿罗玛”，他们转过身来，阿罗玛朝他走过来一步，手轻轻地抬了起来，好像在示意他安静一样，他没有继续朝前走，只是手里握着她的乐谱：“你把这些落在这里了。”他没有微笑，只把眼睛猛地投向了她，稍作停留，接着他说“再见”。他用一种比他感觉到的更加轻松的方式抬起了手，将身子转了过去，这样他就可以看不见他们走出教堂了。但阿罗玛转身的时候，沃伦独自站在过道里，他的眉毛皱了起来。阿罗玛故意抓住了他的手，就像母亲抓着儿子的手一样，他们一起走出了那个白色的教堂。当她坐到卡车的驾驶室时，她打开了乐谱，发现贝尔把欠她的现金夹在了一首曲子的两张纸之间。

沃伦一只手抓着汽车的方向盘，松开了他衬衣的第一颗珍珠纽扣。车窗吹过来的风弄乱了他头顶正在变得稀薄的头发。他弯曲了一下握方向盘的手，舒展了一下他的筋骨和血脉，身子向后倾。

“他似乎是个很好的男人。”他说道，他说话的时候既没有向左看，也没有向右看。

“谁？贝尔？”阿罗玛问道。

“对。”他点点头，他们盯着前面的路，陷入了沉默。

离回家的路还剩一半的时候，阿罗玛说：“我把在那儿的工作辞了。”

“什么？什么时候？”

“嗯，就是在两天前。”她说。

他仔细地看着她，他的脚几乎从油门上提了起来。“关于这个，你什么也没说过。”

“嗯，我只是过去了一趟，然后就辞掉了工作。”她说道，将脸转向了窗户那边，风抽打着她的嘴巴，将她的话抢走了。

“为什么辞掉工作呢？”

她耸耸肩，当她向外面凝视时，她努力让自己看上去不那么心急。“我想我已经存了足够的钱可以租一架钢琴了，也许我可以在房子里给别人上钢琴课。我可以这样为我们挣点钱。”

他点了点头。“这在我看来是个好主意，阿罗玛。”接着他说，“我喜欢你在我身边。你以为我没有注意到你在教堂，但是我注意到了。我听见你在唱歌。”她扭头看着他，他深深地吸了一口气，伸展着他的肩膀。他知道她在看他，但是他没有转过身来。当他将手伸进他胸前的口袋拿出一支香烟时，她从他的手里接过香烟，在烟灰缸里找到了一个打火机，她为他点着了火，再深深地吸了一口，然后把香烟递了回来。“谢谢。”他边说边抽起了烟。而这时，阿罗玛则把头努力向后靠到了座位上，这样她可以感觉到她头下面的车窗玻璃正在抖动着，她的牙齿也同样地响着。在她的余光里，沃伦开着车，他没有再说什么，这让她如释重负。当他将车拐进砾石车道时，她想，回到这儿的我已经是一个已婚女人了，但是这种想法仅仅只是一阵微弱的风，它并没有掀起什么新的东西。她从座位这边的镜子里看着自己，照在玻璃上的阳光也同样照着她的眼睛，她的眼睛被撕开了，她眨了一下眼。当她的眼睛放松下来时，卡车停了下来。沃伦——他的香烟从窗户里被弹了出来，仍然在砾石里燃烧着——正看着她。

“我必须得问你，阿罗玛。”

“什么？”她很害怕，因为她知道他要说什么。

“你喜欢那个男人吗？”他现在用双手紧紧地握住了方向盘，“不要骗我。我知道有时候你会向我撒谎。”

“我没有向你撒谎。”她说道，她真的很吃惊。

他摇摇头：“你认为当你什么也不说的时候，你就没有向我撒谎吗？这样做时你就是在撒谎。”

她没办法说任何话反驳，因为他说的是对的。

“你喜欢那个男人吗？”沃伦又问了一次。

“我认为有一段时间我喜欢他。”她非常安静地说。

他点了点头，透过挡风玻璃看着他的手，看着通向房子的院子里的隆起处。她不敢跟随他的目光，除了看着他的脸之外，她害怕看其他任何地方。

“嗯，那你怎么会和我结婚呢？”他说这些的时候声音很低，就好像他只是在对自己说话一样。

她想了一会儿他的问题，不是因为她想给他一个很好的答案，而只是想给他一个不包含任何谎言的答案。

“主要是因为我想要你。”

“怎么个要法，你想要干我？”

“我的天哪，沃伦！”她说道，冷静地大笑了起来，看着旁边的窗户外面，看着那个正在变化着的、正在被某种力量变红的世界。这样的变化使她的眼睛露出惊讶的神情。她用一只手抓了抓她的眉毛，接着她说：“上帝，我猜是这样，但是更多。”

“更多的什么？”

“更多……”她四处寻找着一直在她的脑海里，但她从来没有找到过合适的词来形容的东西，“更多就像……当我拥有你的时候，甚至在我像那样拥有你的时候，那还不足够，我仍然希望从你那里得到更多；当你说什么的时候，我想听到你说更多的话；当你去某个地方、任何地方的时候，我希望你回来胜过对任何东西的期待。这些永远都是真的。这就是我的意思。”

他听着。

“嗯，”她疲惫地说，“这就是整个事实。”她确认了她的内心，以免有任何虚伪的迹象，但是没有看到。这次她在镜中瞥见的自己全是眼睛，红红的、睁得大大的眼睛。

“好。”他点了点头，把脚从刹车上放了下来，将卡车开到了一挡，所以卡车在被卡住之前，它向后摇晃了起来。他沿着砾石车道开完了剩余的路程。当他停放卡车时，他没有看她，只是关上了他身后的门，把她独自留在驾驶室里。她在那边等着，她知道他生气了，但她还是等着，因为他们刚刚结了婚。她有点希望他可以做一些可爱的事情，比如将她抱过房子的门槛。他当然没有这样做，她知道这样想甚至都是愚蠢的。当沃伦头也没回地走到门廊时，阿罗玛带着一声叹息打开了她自己那边的车门，让车门重重地靠回到它的各个关节上，弹跳着，吱吱作响，直到安静下来。她跟随着沃伦走到门廊时，沃伦已经进到了房子里面。阿罗玛拉开门，将门轻轻地在她身后锁上，她握着门把手站在那里，斜靠在它上面。沃伦从餐桌下面拉出来一把椅子，坐了下来，从口袋里拿出来一把香烟，将它们和钥匙、他裤子里的零钱一起放在了桌子旁边。他把椅子推了回去，以便他的腿从座位上向外张开着。他越过桌子向窗外看去。阿罗玛的嘴唇向下弯着，她绝望地四处看着这栋房子，房子不像是一个家，也许它永远都不会是一个家。它只是有着一面数不清的面孔的墙、一架快坍塌了的钢琴，还有那些不属于她的记忆。她的眼睛停在了沃伦身上。

“我们把这架钢琴扔掉吧，”她说，“它已经坏了。”

他眯着眼睛就像看着窗外很远地方的某件东西一样，某件他并没有真正看到的东西，但是令她吃惊的是，他说：“也许我们应该这样做。”

“也许我们可以拿走一些照片，我们不需要把它们都挂在墙上。”

“如果你想这么做的话。”他说。但是他仍然没有朝她的方向看。

所以她穿过房间，直到她沮丧地站到了坐在椅子上的沃伦的旁边：“沃伦。”他坐着，只是坐着。于是她掀起了绕在她臀部周围的裙子，跨坐在他放在椅子上的双腿上，打开交叉在他胸前的双臂，将他的手放在她的臀部上。“沃伦。”她说，这次他看着她，因为他没办法不这样做，但是当她亲吻他时，他没有抗拒，接着他用力地回吻了她。当椅子几乎被掀倒时，他们躺在了地板上，他们连衣服都懒得脱，因为他们没有空，因为所有的事情不论是好的还是坏的都发生在一瞬间，他们现在都知道这一点了，她和沃伦都明白了。他就在达到高潮之后，甚至都还无法恢复之前的呼吸，他的脸依然还在她的头发里面，她的耳朵上面，他的声音在她的耳朵里晃动着：“不要让除了我之外的任何人进入到你的身体里。”

她闭着眼睛，将自己全部交给了他。听到他这些话后，她的眼睛立刻睁开了。“什么！”她厉声说道，“我们结婚之后，这就是你跟我讲的第一件事吗？”

他抬起头，这使得他的脸正好位于她脸的上方。她看见了他嘴唇上的汗珠，他的脸颊现在是非常红润的颜色。“我是认真的。”他说。

“我的天啊，沃伦，”她说，“不要在和我做爱的时候教训我。”她从他的身体下面溜了出来，四处寻找着她的内衣。在她找到之后，她从裙子下面费力地将内衣穿上，内衣都湿了，还没有扣好。她的腿有点颤抖。沃伦只是躺在地板上，盯着她看，当她从他身上跨过去离开了房间后，他穿上他的裤子，慢慢地坐了起来，双手捧着他的头。

她在通向厨房的门口转过身来。“沃伦，你的问题就在于你从来都不曾说过合适的话。”她说着准备离开，但是突然停了下来。她的声音似乎到了房顶，又回到了她这里。她听着她的话回响了一会儿。接着她又说话了，这次她说得慢了很多，话语中没有了怨恨，也没有转身：“沃伦，不要让我们在这一天吵架，或者在以后的任何一天再吵架。”她说这些话的时候是认真的，尽管她听说过说这些话有多无用，这些话饱含着所有的渴望和徒劳，她也明白在她的一生中这些话一定会再讲出来，也许还要讲很多次。之后被讲出来的时候也一定跟现在讲出来时一样令人感到厌倦。她突然发现自己累了——主要是因为自己而感到疲惫——她侧身弯着腰靠在门的边框上，不然她可能早就跌倒了。在她身后，她可以听到沃伦的呼吸声，沉默又降临了。突然，阿罗玛站直了身子，穿过厨房来到了后门外边，但是走到那儿之后，她不知道自己该去哪里，她只知道房子里面外面都有麻烦。因为无法尝试一个新的自我，她什么也不能做，她也不知道如何去尝试一个新的自我。她无法相信世界可以让她一次的快乐超过一分钟，总体而言，都会少于一分钟，但是她必须要承担她的人生。她朝群山那边望去，揉了揉眼睛。她跟一个被禁锢在这个地方、被禁锢在这些丘陵上的人结婚了。不论她多么努力，她都无法了解他。现在他们结婚了，但是比起没有结婚的时候，她对他的了解也没有更深入一些。正当她思考着这些，在摇摇欲坠的台阶上陷入了不堪的疲惫中时——三个月前，她曾经在这个台阶上摔过跤，还让自己留下了伤疤——正当她在思考着“到底是他让我不开心，还是我自己让自己不开心”时，他从她身后的厨房里出来了，嘴里叼着一支香烟。

“不要在家里吸烟。”阿罗玛说。

他点点头。他的头发被弄得乱糟糟的，他向下走到了她上面的混凝土台阶上。他看着群山，他的脸只是微微地放松着，但已经足够使得坐在下面第二级台阶上的她看清楚了。她转向群山，也向山那边眺望着。但是她不知道他看见了什么，她只知道他看到的东西让他很高兴。

接着她站了起来，她正在凝视着他那张依然在她上面的脸，她牵着他的手，领着他走下了台阶，走到了远离房子的山下。他的手在她的手里显得很大，她的手跟小孩子的手一样小，只是她已经不是个孩子了。她领着他，他们的手指紧紧地扣在一起。

“你想再去看看那个滚齿机？”当他们朝着储备谷仓的方向走了二十几步之后，他说。

“不。”她说。她没有把他带到牛犊那边，虽然当他们走上来时，牛犊就在门口等着。现在，牛犊的小腿在它宽大的婴儿肚下面已经很稳固了。当他们走近的时候，它将纤细的头扭了过来。

“哈喽！”沃伦对牛犊说，牛犊从门口退了回来，就好像它知道他们会进来用手沿着它那柔软的皮肤抚摸一样。他们走进来后，的确这样做了。门在他们身后摇晃着关上了，他们从牧场里选了一条路。小牛在他们身边慌乱地走了几英尺，大叫了一次。它的叫声很响，吓到了阿罗玛，她把肩膀向上收到了她的耳朵处，笑了起来。她仍然紧紧握着沃伦的手，他们走过谷仓，鸡群舒适地坐在带着阴影的墙壁上，一只新的红黑相间的公鸡在谷仓门附近空荡荡的牛棚上走着钢丝线。当他们走过山上已经看不清的奶牛留下的踪迹时，几头点缀在牧场上的奶牛跟着他们。他们把身体向前倾着走上斜坡时，感到有点无法呼吸了。在他们来到一排树边时，沃伦说：“你要把我带去哪里？”她只是笑着，他们走进了凉爽的树林里，两头奶牛跟着他们一起走进了树荫里。沃伦回头看看奶牛，摇了摇头，看了看阿罗玛，又摇了摇头，但是他继续跟着走，没有做任何表示。奶牛们慢吞吞地过来了。到了后面的栅栏的地方，阿罗玛说：“上来，过来！”沃伦先走了过去，帮助她穿过铁丝网，用他的手卷起了她的裙边，这样裙子就绊不到她了。已经在后面几英尺处停下来的奶牛专注地看着他们，接着它们似乎一致认为无法穿过栅栏似的，像两条黑色的船，慢慢地朝着田野那边的阳光踱步过去了。在栅栏那边，阿罗玛向前走着，不停地跳转方向，努力地回忆着那棵树的准确位置、树皮的黑色。沃伦扬起一条眉毛看着她，就在他的右手去摸口袋里的香烟时，她说："到这儿来，沃伦。"

他走到了她站着的地方，认真看那棵树，他看到了"E+C"的字样，他的脸没有任何变化。但是当他弄明白了这些字的意思之后，他的手像一张照片似的定格在了刚才他摸香烟的胸前口袋里，保持着静止，他眨了眨眼睛。

"现在，我怎么从来没有……"他非常平静地说道。接着他的手抖了一下，就好像它正在决定是要拿香烟，还是要做点其他什么事情一样。接着他把手举了起来，捂住了眼睛，他站在那儿，没有动弹。一只乌鸦飞过，在他们头上的树丛中叫了起来，他们听见了乌鸦挥动翅膀的声音。阿罗玛站在沃伦的旁边，把一只手放在被刻了字的树皮上，刻字的磨损处刮着她手指的指尖。树的内部现在已经变硬了，给人一种永恒的感觉。她耐心地等待着沃伦，凝视着他脸上没有盖住的另一半。

"你觉得这个刻在这里多久了？"阿罗玛轻轻地问道。

沃伦放下手，眨了眨眼，摇了摇头："我不知道。三十年，也许更长，也许是在他们第一次见面的时候。"

她越过树朝房子所在的地方望去，房子被掩藏于正在变色的树叶里，他随着她凝视的目光望去。接着他用手轻轻地拍了几次他胸前的口袋，呼了几口气。他朝上看着那些树，她也朝上看着。他们看着阳光透过稠密的叶子照到他们站着的地方，看着阳光抚摸着那刻着字的树皮，看着阳光照着他们脚下的地面，甚至照在他们的脸上。沃伦低头看着她，接着他抓住她的手，带着她从树林里走了回来，穿过牧场，向上走到了那栋老房子里。

译后记

C.E. 摩根是美国当代一位杰出的青年女作家。在《生活之歌》一书中，作者以自己的亲身经历为缩影，用优美细腻的文笔向读者描写了一个动人的爱情故事，展现了一幅秀丽的美国烟草农场的画卷，作者对于美国南方田园风光独具慧眼的描述方式，为世人了解美国农场主和农场的生活的田园画卷打开了一扇亮丽的窗户。本人在翻译此书期间，正在美国加州州立大学蒙特利湾分校做高级访问学者，原著作中所展现出的一幅幅美丽的田园风光的画卷正是美国农场的真实的写照。在翻译该小说期间，我有幸在美国朋友的带领下参观了不少美国的农场，C.E. 摩根对于美国农场的描述每每让我赞叹不已，站在美国农场的外面，品读着 C.E. 摩根美丽细腻的文字，我不得不感叹于作者写作手法和视野的独到之处，景仰于作者对美国农场刻画之深入。在《生活之歌》这部小说中，C.E. 摩根对教堂场景的描写更是该小说的精华，作者用极其巧妙的写法将宗教思想与现实的美国人民的生活相结合，赋予了该小说神秘和神圣的色彩，也引起读者的浮想联翩、发人深省。

爱情是人类情感和文学作品的一个永恒的主题，小说《生活之歌》也不例外。这本书既可以说是一部描述美国南方田园生活与风光的小说，也可以说是一部伟大的当代爱情小说。笔者在翻译这部小说时，每每被作者对于主人公阿罗玛细致入微的心理变化描写所打动，在整个翻译过程中，阿罗玛的一举一动无时无刻不牵引着我的心，她的喜怒哀乐都深深地融入到了我的灵魂和情感里，常常引起我的共鸣。我想这就是作者C.E.摩根原小说获得成功的最重要的因素吧。

在文学翻译界，人们常说“译事不易，译无小事”，翻译作为译者的一种再创作的劳动过程，无疑也要译者付出百般的辛劳与热情。作为正在攻读上海外国语大学文学翻译方向的博士和一名一直从事文学翻译研究的高校教师，我在从事文学翻译、学术研究之时，能够翻译一部自己喜爱的美国当代文学作品实在是一件幸事。C.E.摩根深厚的文学造诣和文学素养，让我对自己能成为《生活之歌》的中文译者感到无比的骄傲和自豪。在翻译过程中，本人对于原作的每一句话亦是锱铢必较，百般比对自己能够想到的各种译文与译法，唯恐不能将原小说的韵味和灵魂原汁原味地呈现在读者面前。在拙作即将呈现在读者面前之际，我真诚地欢迎广大读者和各位大家多做点评，如有疏忽之处，还请见谅！

最后，在此译著出版之际，我真诚地感谢上海九久读书人和人民文学出版社给予我的信任，感谢上海第二工业大学英语语言文学学科带头人张军教授给予本译著的支持和鼓励。在此书的翻译过程中，我还得到了我的恩师加州州立大学 Professor Qun Wang 无私的指导和帮助。明德大学蒙特雷国际研究学院的图书馆馆长 Peter Liu 老师在此书的翻译过程中为我提供了诸多宝贵的参考资料和学习资源，再次一并谢过。